海原大地震记

王漫曦
Wang ManXi
著

黄河出版传媒集团
阳光出版社

图书在版编目（CIP）数据

海原大地震记 / 王漫曦著. –– 银川：阳光出版社，
2023.4
ISBN 978-7-5525-6778-6

Ⅰ.①海… Ⅱ.①王… Ⅲ.①纪实文学–中国–当代
Ⅳ.①I25

中国国家版本馆CIP数据核字(2023)第071235号

海原大地震记

王漫曦 著

责任编辑　李媛媛
封面设计　张　宁
责任印制　岳建宁

黄河出版传媒集团
阳 光 出 版 社　出版发行

出 版 人　薛文斌
地　　址　宁夏银川市北京东路139号出版大厦（750001）
网　　址　http://www.ygchbs.com
网上书店　http://shop129132959.taobao.com
电子信箱　yangguangchubanshe@163.com
邮购电话　0951-5047283
经　　销　全国新华书店
印刷装订　山东新华印务有限公司
印刷委托书号　（宁）0025871

开　　本　880 mm×1230 mm　1/32
印　　张　9.25
字　　数　200千字
版　　次　2023年6月第1版
印　　次　2023年6月第1次印刷
书　　号　ISBN 978-7-5525-6778-6
定　　价　68.00元

愿此书能告慰灾害震毙者，

致敬口述者！

前 言

海城，元代叫海喇都城，蒙古语，即为高原上的美丽城市。

清后期，因东北还有一个海城，两地名重，清廷将西北的海城改为海原。

海原，原属甘肃平凉专区管辖，1958 年宁夏回族自治区成立，划入宁夏，行政归固原专署。

海原海拔由 1400 多米提升至 2900 多米，中间高，四面低。因地震、边关战争，植被不够丰茂，山体流水沟壑如房挂椽，一般都会认为贫瘠。

海原气象大同宁南、陇东、渭北，不过旱季长过雨季。

海原气蕴关联陕、甘、宁三域，习俗大同，方言小异，风土人情相似。

1942 年西吉立县，海原与西吉、固原，组成"西海固"一词，一个新的地理单元在书面固定下来。

海原地处六盘山北部。

六盘山是喜马拉雅山地质挤压出的皱褶，在陇西黄土高原和陕北黄土高原之间崛起，山脉南北走向，岭分泾河、渭河，南望秦岭，西顾祁连山，北触贺兰山，是一座年轻的山峰。

此山古称陇山、关山，因盘道层叠，约六盘达顶险隘，又名六盘山。

6500万年以来，印度板块与欧亚板块持续碰撞宣泄的洪荒之力，促使喜马拉雅山不断上升，青藏高原不断抬升，六盘山不断高升，地质构造运动在六盘山区埋下一条不断成熟的地震断裂带，每经喜马拉雅山地质构造产生强烈运动时，地震降临，震中有一次在陇东，有一次在陇西。

1920年12月16日（农历庚申年十一月初七），夜八时六分九秒，北纬36.5°东经105.5°，"甘肃海原地忽大震"，兰州初震时长约7分钟，海原初震时长超10分钟。震级里氏8.5级，震源深度17千米，震中烈度12度，强烈震感波及13省区，震区广达170余万平方公里。有感范围超出中国版图，越南河内地震观测站、瑞典乌普萨拉地震观测台、日本东京地震观测台等全球96家地震台、站，记录到了震波。令世界惊讶的是，日本东京地震观测台，在十多分钟的间隔时间里，记录到绕地球两圈的地震面波。1921年兰州白塔山文昌庙重建，碑文用"寰球大动"四字定义了这次地震。

海原闻名世界，竟是这次寰球大震。

我从什么时候开始接触海原大地震的，难说清楚。大概在老人们把海原大地震的灾难当古今说的时候。

2005 年 4 月，偶然在旧书摊发现了一本《宁夏地震目录》，本是随手翻翻，前言说，海原大地震"是我国乃至世界有名的特大地震，有关该次地震的史料（文字）达十几万之多。"

再读文字，心里紧巴巴的。回家细读，惊叹专家、学者对海原大地震的研究与记述。隔日再读，依然震撼到手心出汗。老人们讲的地摇古今，复印机一样在脑子里翻页，于是，产生了《1920年海原地摇了》这个口语化的题目。后两月成稿，混入纪实文学《三遇集》出版。

又一日，在海宝旧书摊发现了《一九二〇年海原大地震》一书，1980 年由中国地震出版社出版发行，是为纪念海原大地震发生六十周年而编写的专著。书中有关这次特大地震的仪器记录、现场调查、观测试验等多方面的实际资料，从宏观、地震地质、地球物理、地震工程等方方面面进行了"理论上的研究和总结"。拙作《1920 年海原地摇了》的文字与其相比，除了文学性的部分，"专业知识"的描述，已异化成仿专业的"学问"，给读者留下的虚空大于真实。至于读者对《1920 年海原地摇了》的赞成，多是灾害事件触到读者个人记忆的共鸣。包括我没有写透、写完整的那些有故事意味的文字，讲述者也是结合自己得知的传说，在博客或其他自媒体出现的，我中有他，他中有我。如此想来，海原大地震需要一本灾害纪实作品加以陈述。

我出生在海原，我的祖父辈遭遇并承受了这次灾难。自幼听到灾难叙述，皆是骇闻。惊恐当时，过后似归无有，谁知若干年以来，这倒生成了心病。

2016年暮春时节，我只身走进海原地震断裂带，在宁夏、甘肃两省毗邻的村庄锯齿一样划动，开始追求灾害整体记忆叙事的文字，以口述实录的方式，做一点民间补述，知会世界。

2020 年 7 月

目 录
CONTENTS

活在海原大地震的镜子中

黑色幽默

1999 年"跳槽"离开固原时听到的传闻：

固原绅士白星阶府第，民国九年农历十一月初七（1920 年 12 月 16 日）当夜，当地名人荟萃，饮酒打牌，玩兴正酣，房子轰隆塌下，在场 23 人，震毙 20 口，固原名人几乎灭尽。

2016 年 4 月 28 日，我决定先到固原，详细查阅史志关于民国九年（1920 年）海原大地震的记载。我在固原奔放地生活过 15 年，可能把最青春的时光泻在了这里。

街道的槐树，有些年成，那时我就走在树下的绿荫里。

一个树窝里，卧着一个人，衣服破烂油污。我开始看见只是看见。走过去两步，我发现他在翻一本书。退回来两步，他对我的出现根本没有感知。我盯着他翻动书页，他每看到林道静三个字，手指就在上面戳一下。我问他看的什么书？他轻轻把书合上，从树窝里爬起，把半卷像从地沟油里捞出的《青春之歌》塞进怀里，嘟嘟囔囔地数落我打扰他读书，什么教养？很长的头发和胡须锈在他的头上，他昂扬着那样的脑袋，瘸着一条腿走了，路过智搏象棋残局的十几张小桌……

偶遇亲戚家的亲戚，时常呼我为兄。我欲问候，看她双目圆睁，头发似乎都要乍起来的样子……吞吞吐吐问我是多罗堡二哥吗？……接下来我才知道她吞吐的原因，她听说我和杨文彩医生去日本背尸挣钱遭海啸送了命……

亲戚说的日本地震，是 2011 年 3 月 11 日发生的日本东北部太平洋海域 9.0 级超强地震。

听到这个黑色笑话，我没有再去登记住处，拐向海原。

2016.4.28

·

震中——甘盐池

原本打算，从海原地震断裂带北端的景泰出发，一路向东南方向的固原硝口去。之前在兰州没有找到"寰球大震"石碑，又遭靖远县地震局的不待见，隔夜就想透了，回到田野，记录口头叙述。

景泰当年的灾情我了解得很少，有个哈斯山想去一下，再就有个 20 世纪 60 年代初立的地震碑想去看一下，还有一封"沈家家书"也想见识一下，沿途再访问一些居民。到汽车站，靖远发景泰的车下午三点才有一趟，等坐车到景泰只有住店了。

这个时间正好搭车去海原县甘盐池，这边是"寰球大震"的震中。

我坐上发往盐池的班车，听到了几句对话——

"老人不给口话，唦说你就不要出去了。"河州老人在车下面袖着手，望着车里的年轻人说。

"嗯。"应承的年轻人看着驾驶员。

"要出去，一定要安顿好女人、娃娃……"

"嗯。"车开出了车站。

老人袖着手跟到车站大门口停住脚步，头还保持着"望"的样子。

一路我回味这个河州老汉的话，看着那些通体发白的土山，就到甘盐池了。

1976 年初夏，我在海原县规划组工作，发现一些奇怪地貌，我问生产队队长，他说了甘盐池与杨家将的故事，指手画脚，又说了盐湖与海原寰球大震的故事。

运送风力发电涡轮叶片的大卡车，源源不断，压过盐湖西南侧，将那些巨叶戳在甘盐池盆地南、北的山上。萎缩成月牙一般的盐湖，光伏发电集成板占领了它们的水域。……那山、那湖、那城都在，那山、那湖、那城又似乎都不在了。

甘盐池候车点，在甘盐池城西，离乡政府较近。对面广场，几个老年人依赖器械做着运动。

天气阴沉沉的，有些发冷。

有个人提着一捆新葱，在马路对面，走向广场。在他将要拐进去时，又回身站在原地仔细打量我，然后他低声喊我："王漫曦？"

他见我发愣，便自报家门："我，霍克亮！"

霍克亮先生是海原地震局聘请的地震点观测员、宁夏地震局宏观物象观测人。他在甘盐池是家喻户晓的热心人、公道人、勤快人、热爱家乡的人、具有奉献精神的人。三年前我们在甘盐池老城见过面。他留下我的地址，要给我寄他搜集的甘盐池文字。

我给他留下地址和邮寄费。他说他接待过几个作家、诗人、民俗研究家，有的陷到盐湖的泥里，是他拉出来的。他们只问他要素材。我是第一个留给他邮费的人。

霍克亮先生带我到幸福院，在银川待的有点犯傻，我并不了解这是一个什么性质的机构。

屋内有几个方桌，十几个老人分别围桌而坐。他们一同打扑克牌。霍先生说这些老人在这里等着用午餐，打个升级，打发时间。然后他说幸福院是县民政局两年前设立的，甘盐池全乡 60 岁以上的老人都可以在这里吃午饭。有些人愿意来，有些人也不来。常来的早来一阵，坐在这里打一会儿扑克。他们只会打升级，不会玩斗地主、诈金花、跑得快。幸福院是回民灶，回汉共在一个灶头开伙。厨师是一位中年回族妇女。

厨师提走那捆葱，霍克亮把我让到炉子跟前烤火。我说他是伙食委员，他说那是以前吃食堂的叫法。我帮民政局管灶，实际是给我们这些老哥们跑腿。民政局每月结算，老哥们吃得还不错，精米细面，有肉有蛋。

我感觉，现在正在做以前没有做好的事。

霍先生说我们不期而遇，但他有事不能陪我。他对屋子里的老哥们说，谁知道海原大地震的事，给老王说说。老哥们说，老户打绝的绝了，没打绝的逃了，他们差不多都是地震后迁来的，奔着盐湖来过日子的，不太知道。

做调查，人多的场合不大适宜，就是知道也不会说。

我和霍克亮先生约定改天见面。

离开幸福院，天气成色加重。

坐在残破的甘盐池城头，呼吸盐湖那向飘来的咸风，甜味淡入，这可能是甘盐池甘字的实质。

民国九年——庚申猴年十一月初七初夜，爆发的环喜马拉雅弧的海原大地震，震中就在这里。这座建于宋代的城池，经历了十多分钟剧烈左旋地动后，成为如此残垣断壁，百年里风雨没有消退地震的痕迹。

盐湖为新生代拉分盆地。50余平方公里，土壤饱含芒硝、氯化钠等矿物，历雨雪山洪冲刷，经漫坡、沟壑等径汇集凹底结晶。湖周山根，清泉汇流而入，结晶过水，降解附着的其他矿物，冲掉泥沙草芥，滋润出盐根，养育出盐田。曾经赚丰国家库银，养活百姓灶头。

据1972年《海原大震地质背景考察报告》证实，地震形变带穿过唐家坡数10条南北向田畦石埂，均被同向错开，受逆时针方向扭动形变清晰可见。科学断定，海原寰球地震为左旋运动。

盐湖本在南山脚户梁一侧，地震发生左旋错断，路南抬升，路北下沉，同震左旋位移使甘盐池湖水像一块鼓起的铁皮，带着金属般的涛声越过海靖（海原—靖远）公路，泼到北山脚下，盐湖整体北移。经地质、地震专家探槽科考，路南路北垂直落差约3米。

甘盐池与青藏高原一派气候，风说来就来，说走就走。雨说来就来，说走就走。我蹲着滑下城墙，还没穿过公路，雨水夹杂冰豆哗地倾下，敲得脸面发木。

我到候车点，躲过雨，来了一个穿羽绒服的人。我跟他搭话，他说你是药贩子吧？我怎么会是药贩子呢？他说他闻到我身上有股药味。我刚才胸部发紧，含了几颗速效救心丸。我说我不是，我问他有没有听老年人说过1920年大地震？

那个地震吧，我们没有受到损失，我们是民国十八年（1929年）逃难到甘盐池的低路（指中原一带）人，听人家说，那一天静宁的两个盐贩子，在盐池子里装好盐，准备第二天驮走，住进白码头一家店房，锅盔就茶吃饱喝足，一个去要赌，一个睡了。说是那一夜咕咚的一声，天上的星星落了，缸壮的绿水、黑水遍地往上冒，盐湖臭得闻不得，盐池的城墙啪啦啦地摇塌了。说是余震不断。到第七天，店家猛然想起店房里还住个盐贩子。店家刨开废墟，盐贩子还活着嘞，把个店家吓得妈妈老子的腿软着跑不动。盐贩子看到阳光眼睛难受得睁不开，暴躁地喊店家把灯吹灭！七天前那个夜晚发生的地震，看来他一点都不知道。店家被他吓着了，又被他吼着了，也是火冒三丈，骂道，你嬢嬢的不要嚎叫了，你以为在鬼门关上走一遭，我就不收你七天的店钱了？盐贩子用绌子蒙上眼睛，不依不饶地，我就睡了一晚，你咋收我七晚的店钱？……这是我听当地人说的。

他叹息一声说，这盐湖把多少遭难的人搭救了。现在挤得小小的一坨。

2016.5.7

海原大地震口述志

黄家洼

刚刚开头，事不得已，走了一趟银川，幸好不是结束。

再从银川到海原，田野同十天前的展示截然两样。不得不叹息，初夏的一旬过得这么快呀，十天前的辣辣（草本植物。腊月茎部生长，二月初叶迎春，三月遍地蓬勃，四月籽种成熟、落土又生。一味野生中草药）还在花期，十天后已结籽粒。

晚间和岳父说起海原地摇的事，他说他外奶奶家，住在靖远范寨窠黄家洼山底下，地摇那一夜，他母亲跟着家里人起场，碌碡被烂眼子鬼挼（揉搓）住的一样，飘过来，飘过去，吓得赶紧往家里跑。在大门一旁和惊着出来的两个老人相遇了，旋旋土呛得喊不出话，相互搀着站定，待一阵土雾过去，看着星星了，他们住的茅鞍子摇平了，住在窑里的人埋在了窑里。

过了些日子，隔几天狗嗫（qiè，犬科叼食物的样子）一只手回来，隔几天狗嗫一只脚回来，隔几天狗又嗫一颗头回来……

呱呱……

2016.5.18

霍克亮先生

搭乘海原发兰州的头趟班车，九点略过，我在甘盐池老城东门下车。紧走几步，撵上前行的一老者，款闲几句，他先知我是谁，我后知他姓董名国礼，先生73岁，耳聪目明。我们并肩入城，他指着空旷、残损的城圈内，说地震前城里有三道过街，南街、中街、北街。每道街的两边都是铺面。几乎家家都开盐铺子，以盐为生。盐商来换盐，驮的是粮食。一碗盐换一碗粮，一盆盐换一盆粮，一口袋盐换一口袋粮，以物换物，买卖公平。甘盐池的南山有金井，西门外就有好几家倒金铺。……你问的大地震那是一场灾难，那灾情重，全家绝了的都有呢，你到南山上去问。哎呀，南山上的人不知道搬迁了没有，你打问清楚，不要白跑了。

先生到自家门口，礼让我进屋喝茶，我抱拳谢过。先生举起一只手打招呼，王先生慢走慢走啊，风尘里来风尘里去，操心好自己，头发白白的，年龄也不小啦！

来到幸福院，霍克亮先生已在这里等候。那天说了没几句话就分手。今天看到他于 2015 年获得"最美海原人"的奖状和自治区地震宏观观察员的聘书，对他有了进一步了解。

我找到了一个了解地域又了解自己的人。

他说，甘盐池是个经营盐、茶、羊的重镇，也走过汗血宝马、运过和田美玉、驻扎过军队。

甘盐池是个海拔 2020 米左右的小盆地，四山雨水冲刷胶泥产生的碱水，流到这一大片盐碱地，湖里结晶出盐，分三个等级：青盐、白盐、硝盐。盆地围山不高，沉底不深，通风透气，光照温差大，气温频频骤变，天上挂云，地上落雨。云过去了雨也过去了，严寒酷暑交相吃劲。

盆地里草场连着盐湖，羊既食青草又舔盐硝，体骨质坚硬，肉质紧细，免疫力强，肉的膻腥味自去。

民国九年（1920 年）之前，甘盐池当地人，种地的少，大部分人经营盐业，家家有盐畦子，家家有盐窖。

九州十八县（指多路来客）的人有难的都来甘盐池，围着盐湖谋生。也有躲抓兵的连家带营逃到甘盐池度日的。

盐湖虽是国家管控，老百姓靠到湖上了也得吃湖。正中午，是刮盐的时候，也是刮钱的时候。盐湖里人趴得满满的。刮一碗盐就能换一碗粮食。

甘盐池南山的脚户梁，是秦安、静宁、会宁盐贩子踩出来的。

甘盐池还有一项手工业非常发达，那就是铁匠铺。主要营生打马掌，接铧，镶生铁器。镶生就是给钝锈铁器的刃口加钢，使其锋利。有打铁谜语为证：远看一条红线，近看老鸹抱蛋，老猫一嘴咬住，整得王朝马汉。

甘盐池人都在务盐，土地就由几十里外的靖远人耕种，叫坐山庄；草山就由半个城（现同心县城）一代的牧主经营，叫拉吊庄。

甘盐池曾经设过盐茶厅，有官员书写的八景：

> 定戎古寨几千秋，
> 四壁青山遮孤舟。
> 北寺神泉滴露水，
> 南山石沟卧金牛。
> 西湖（盐湖。指盐湖在盐池城的西面）吐
> 玉无价宝，
> 东海碧波水倒流。
> 四时不断八节景，
> 好似百鸟朝凤楼。

每句都是照实写就的。

霍先生说，甘盐池城宋代修建，和西安州老城同样，但比西安州老城迟建一年。

定戎寨是前人在废墟中发现了一块石碑，上面记载甘盐池历史上叫定戎寨。那石碑不知下落，据说定戎家族的后代去了越南、缅甸这些地方。

甘盐池城里城外出土文物不少，宋夏都有，他见过的有瓷器

碎片、残缺骨牌、西夏鼓儿灯、陶香炉、跪石等。

甘盐池盆地有 30 多眼泉水汇聚盐湖。盐虽生在水中，但水多不生、无水也不生。盐湖南的盐城子叫白码头（出盐码头），极为富华。盐城子设有水务局，听说管理极其严格，所有生活在这个盆地里的人都得遵守水法，不能行污染之事。所以甘盐池人爱惜水源就像爱惜自己的眼睛，才有这 5000 亩"吐玉"的西湖，才有兴旺的盐业生产与交易。

民国九年地震前，脚户的马队、驼队不准进城，站在城外。

地摇发生后，北地陷落，南山脚下的盐湖，北移 1000 多米，至北山脚下。甘盐池就有了南北两个盐湖。南盐湖叫老湖，已枯。北盐湖叫新湖，产盐若干。由于开采地下水，打井过多，地下水位由 30 多米下降到 50 多米，30 多眼泉能冒泡泡的没有几眼了。"东海碧波水倒流"那眼泉的枯竭，不仅破了一景，也破了一业。

地摇之前，白码头在南湖的北面；地摇后，白码头到了北湖的南面。

地震前，曾在我们这一带包括海原城里，流传过这样一首《摇摆歌》：

        大豌豆开花摇一摇，

          没出穗，

        大脚片子摇摇摆，

          没处去，

        咯噔咯噔摇，

哗啦啦摇……

丝线帘子摇一摇，
甩着呢。
尕尕脚儿摇摇摆，
栽着呢，
咯噔咯噔摇，
哗呀哗啦摇……

一碗羊肉摇一摇，
白花了，
世上的好人摇摇摆，
劫杀了，
咯呀咯噔摇，
哗里哗啦摇……

前半节说给男的听，后半节说给女的听，第三节照实说了，地摇呢，这个震劫男人女人好人坏人都要经受呢。

地震后，又流传一首《唤亲人》歌谣：

土牛抖了个毛，
地摇了，
崖花子打坏了大胯，

活命了就好——我的亲人呀；

土牛抖了个毛，

崖塌了，

酸菜缸打成半截缸茬，

都来享用吧——我的亲人呀；

土牛抖了个毛，

地翻了，

人见人爱不够了，

不管亲和远——我的亲人呀……

经过三个多小时扯磨，我称呼他霍先生不是噱头，是由衷的。

2016.5.19

蚂蚁沟

海原的红葱在当地被视为一宝，李旺的最好，是做牛羊肉的绝美伴侣。红葱也是日常生活中一味提神通气的优质草药。着凉鼻塞头昏目眩，吃一口七窍畅通，寒气自渲。

红葱冬眠到冬至，就在地下复苏了，到五月上旬，即可飘香上市。

西门市场卖葱的马凤刚先生跟我夸了一回红葱。他是菜园人，属第三级葱贩子，一天出售二百斤葱，能够他和孙子的店钱和饭钱。他的孙子在海原回中念书，爷孙在城里租了房子生活。娃们去了学校，我就在这里揽点光阴。地里要不来就得从市上要，咋么着也不能回家里去背。

菜园有黄河流域新石器遗址挖掘出的窑洞，证明菜园人已创造出了一窑三居空间，最早辟出了客厅，而且将火把变成灯盏，置于墙壁的灯盏窝，说明菜园人社交活动的文明程度领先其他人类。所以菜园就有了"菜园文化"。

马凤刚上级批发商姓杨，残疾人。杨老板有固定的进货渠道，也不自己拉运，由一级批发商送来。他们以合理的市价优先供应杨老板，杨老板再转手批发给马凤刚等人。为啥马凤刚不直接去一级那里批发，而通过二级批发，做第三道贩子呢？等我弄明白三级批发的关系，得到了健全人要帮残疾人生活下去的事实。我对这个群体把残疾人看得如此重要心生敬意。

凤刚兄一把撅（chuā）光一根葱，塞到我手里，老兄弟吃一口，看你流不流泪。我拿到手里，还没有送到口中，仅在鼻子前晃了晃，已辣得眼睛睁不开了。

马哥，给这个老汉把你那点赶紧说了去，眼泪淌得扑哈哈的。杨老板开我的玩笑。

马凤刚先生说，今年的葱又辣又甜。他夸罢葱说，听老年人说，石门那个地方坐着一户陈家人，十一月初六（1920年）那天夜里，奶奶梦见去世几年的爷爷了，爷爷给奶奶托了一梦，让奶奶到蚂蚁沟娘家浪一回。奶奶摸不透这个梦的意思，就依爷爷的梦去浪娘家。奶奶有三个娃娃，走时大的出去要着没回来，就背上老三，领上老二到了蚂蚁沟。初七的当晚，石门地摇了，蚂蚁沟怪着没摇。这娘母仨连同娘家人活下了，石门婆家人被打绝了。

来了一个买主，他要马凤刚送七十斤葱过去。马凤刚先生立即开办业务。

我是个老粗，搞不清那么确凿。听老百姓传说，海原地底下有两个石柱子撑着呢，一根撑在蚂蚁沟底下，一根撑在袁家窝窝底下。不是这两根石柱子撑住海原已经掉进海眼里啦。

他过好葱，背起葱捆，对我说。

2016.5.20

弟兄四个

西门市场是城乡买卖集散地。了解海原寰球地震传说，这里是个不错的地方。

一个专门经营草编礼帽的生意人，中年模样。我问他知道不知道海原大地震，我的话音未落，他就接过话头："快一百年了吧？"

他这般清楚。

听老年人说，那一晚，场上的碌子连皮球一样蹦呢。西门周家台子卢家有个襄佬，地摇了摇到房栈梁上，房顶揭了，发到水窖里，忽地上来，忽地下去，就像发动机上的单缸活塞一样，上来下去几遍，一股子水忽地从窖里冒出来，挂到了没有倒的梁担上……这是我听说的，你到他们的后代那里可以打听。

老年人说，地摇后余震嚇楞楞过来了，嚇楞楞过来了，火烧了 40 天，雪下了 40 天。西门外面的坟为啥叫万人坟？埋的就是地摇打毙的人。四个人埋一个坟坑，脚对脚十字形的。我听到的就这么多，你得问老年人去。

紧接着他给我提供了关桥张湾一个 102 岁的张老汉……

我四处张望，和礼帽摊摊相邻的一个做茶叶生意的老汉，异样地看着我，我感觉他好像有话对我说。

我过去给他打招呼，我问生意怎么样？

他答可合意。

他坐在椅子上，指了身边的一把闲置凳子，我过去坐了下来。他说，那一年地摇打坏了我爷爷、奶奶、娘娘（姑姑）。那时人都住的是崖（ái，直壁）窑，我爷爷、奶奶、娘娘三个人地摇间已经跑到窑门口了，堵风的一大捆荞柴，哗地飞过来，塞填住窑门，没有跑脱，崖洞哗地抹了帽，正好打在了窑里。

有人过来抓起茶叶看了一眼，问了个价钱离开了。

生意经营久了，他能辨别出哪些顾客是买家，哪些顾客是问家。买与不买对他已不是买卖的关键。

那个夜里很奇怪，天一黑我大大和我爸爸（叔父）就开始在窑里骂仗（吵架），兄弟两个骂着骂着就动了手，两个人打仗（打架）打得拉不开。老人都偏向小的，我爸爸年龄小都偏向我爸爸，我大大气不过，大声吼着号着跑出窑洞，我爸爸不服气，紧着追出窑洞，地轰隆一声塌了，地摇了，他们这两个人没有打坏。我们家的五口人打坏了三口。

他突然怀疑地问我，你是专门采访大地震的？

我说，想做这件事，不知道能不能做成？

他以生意人的目光重新打量了一遍我。

你写书的时候可以写上我家的这段往事。我今年76岁，姓田，外面一个"〇"，当中间一个"+"字。圈是天，"+"字是地，意思是要爱护我们的家园呢。

田师傅不仅是以卖茶叶消费时光，他还揣摩学问。

我问田师傅崖窑的建筑形式，他比画着说，崖窑简单，在避风向阳的山坡上，下出一个大坎子，洗出崖面，在崖面开个洞，挖进去，就是住人的崖窑。力程好的窑洞挖的大，力程不好的窑洞挖的小。崖窑简单，原始人都会挖。

我问崖面怎么洗？他说，用锋利的板镢，在壁立的崖面剔出波浪纹，形成斜坡，称洗崖面。

西门集市不是露水集，逢农历双日赶集。

我在市场某处发现了驴拥脖（犁地、拉车时套在驴、骡、马脖颈的枕垫，保护性工具）。自 1978 年后，这种农具集市很少出现。农户基本是机耕、机种、机收，大量不同型号、不同作用的微型农机上市，养耕畜的实在不多。

目前的各地，农民生活比较安逸，依附国家脱贫攻坚政策的好处，已越过温饱状态。但撂荒的农田面积越来越大。

2016.5.20

海原地摇的总承

"30 岁的人能说出 50 岁人的话。"史店乡农民陈德荣说。他讲述了他父亲陈喜山留下的话巴。我们家养了九只猫儿，地摇了，天底下一个火海，一个红坎，场上的碌碡几个趔（奔跳起来）子蹦地不见了，正在经历地摇的人就像站在一条毛毡上，四角子扯住掂晃，绷着起来，落着下去，头重脚轻，脚下无根，没法站稳。说是那地面刀棱子立着起来，马趴趴摔着下去，所有的东西都像长了翅膀呜地飞来了，呜地飞走了，猫儿也像长了翅膀，身不由己地朝一个方向飞……灾难来了，没有不飞的东西。

老爷爷两房妻室，共 12 口人。地摇时我老爷爷正在铰脚指甲……轰隆一声，我老爷爷就地打坏了，我娘娘打到炕洞里，双脚烧掉了，后来嫁了个能做席的厨师，人好，给我娘娘请了个毡匠，定制了一双毡窝窝，里面塞上羊毛，可以自己行走，相当于安上了一双假脚。娘娘是我父亲的妹妹。

我爷爷是个监生，我父亲陈喜山是个秀才，都在民国海原县政府工作过。地摇后，我父亲就到海原各处做灾情统计，听说光海原伤亡人口就七八万呢。那时海原管着现在的半个西吉县，光城里埋人埋了40天，还有没掏出来的。地摇中失去主人的狗，都成了野狗，在乡下吃亡人吃红了眼睛，亡了的吃不到时，就吃那些活着但无力抵抗的伤残人。

我父亲说过，南华山下袁家窝窝是个神奇地方。这地方靠近灵光寺，处在震中没有发生地震，窝窝四面山崩地裂，人介（指代）好好的，没有地摇。那次袁家窝窝不仅没有发生地摇，就是现在也没有发生过地摇。

我老父亲说，地摇后袁家窝窝人进城跟集，看到城墙塌了，街道上的人都在哭，就问城里人哭着咋了，城里人说地摇了，打坏了一层人。袁家窝窝人才知道天崩地裂的那一刻是地摇了。袁家窝窝是海原地摇的总承，掌控地摇的把把子就长在袁家窝窝。地摇时把把子顶着地面旋转，把把子不转，地就不摇。

2016.5.20

偶（我）的法律

我经过盐城子（白码头），曾经的盐务管理局遗迹，建筑已不复存在，唯有宽厚的墙根残垣可辨。盐城子附属老盐湖的建筑，盐湖大地震后搬家，老湖失去卤水，断了盐根，盐城子就成了弃物。

民国九年著名的"海原大地震错断田埂"就从盐城子北墙根基裂过，从东南到西北，大约7公里。也就是一头裂到了唐坡，一头裂到了碧波潭，田埂错断的落差，形成震坎，南湖的水移到北湖无法返回。

坎北沉下去，坎南抬起来，南湖干了，北湖水了，盐就长在了北湖。

当年考察大地震所挖的探槽，也是风过的地，也是水淤的地，槽痕与地面模糊持平。幸好，那惊人的发现，还有专著存世。为研究世界地震，做了一条苍劲的注释。

我在盐城子的墙基上站着，头顶的白云飘过去又飘过去，由东南飘向西北。我原地转了一圈，甘盐池盆地，四山遮蔽，除了西山，北山、东山、南山均有风力发电叶轮竖起，混凝土搅拌车，在三面的山坡上蜿蜒游动。装载风力发电仪配件的巨型卡车，从海靖公路口一直排到唐坡村外。

我走到新湖，在我和唐坡庄子之间，是一片往开蔓延的光伏发电建筑群。地盘已经压缩了新湖的好大一片面积。甘盐池盐湖约5000亩，有4000亩已经不能产盐了。

我徒步穿过盐湖滩，来到立碑保护的明代长城，残缺的墙体上面长满莎草，咖绿色的草缨顺风倒向一面。唐坡人并不将明长城叫长城，极其简单地叫大坎子。

进村子的水泥路，在大坎子北头拐个钝角的弯进了庄子。

在庄子西头，围在栏中的十几只滩羊和两只山羊，向我咩咩叫。我走到羊栈栏跟前，一个小伙也走到了栅栏跟前。风吹动羊身上将要脱掉的毛。

你是旅游的吗？小伙问我。你们团队几个人？吃羊羔肉的话，我们家可以给你们做。我那道圈里有十几个够毛的山羊羔，你们可以自己挑选。

你是调查啥的吧？

搜集海原大地震传说的。

1920年海原大地震？

对！你这么年轻，也知道？

震中的石碑就立在我们甘盐池呀，怎么能不知道呢？

年轻人不光是会做生意，也很关心当地的事。

你听老人说过那年的大地震吗？

我们先人是地震后到甘盐池的。他向我招手，跟着他走过羊圈拐子，他指着盐湖说，你看到了吗？那些小土包，就是地震鼓包。

在他的指示下，我果然看见盐碱滩里许多碱土覆盖的土包。我对小伙子心存感激。

再问他庄里有没有知道大地震的老人，他说，后庄里有个白胡子老汉，叫李宝有，知道一些。

我与小伙握手道别，我感觉他斜靠着栅栏看我的走手。感觉他还有话没说，我数着数字走出十步之遥，他果然喊我，他指着南面远处，距离海靖公路多一半的地方，说那里有个地名叫中庄，就是白码头，去年有人在那里挖出了700斤麻钱，在一个窖里挖出来的，是地震埋下的……我回身给小伙子挥挥手。

我往唐坡后庄走，看见有老两口在自家大门外面晒太阳，我走上去打招呼。

您老人家高寿？

80岁了。今年80岁，明年80岁。他开口就很幽默。其实他真实年龄79岁。宁南多地的风俗，男子年龄不说9，79岁就是80岁。他叫陈耀宗，甘盐池羊场退休职工，甘肃会宁刘寨人。

他的胡须被风吹起，指向盐湖。他坦言说，他当盐工的时候，有5000亩盐田，现在盐田不到200亩了。

风调了方向，从盐湖刮来，口里略有一丝回甘的味道。我问今年80岁明年还80岁的老人怎么种盐，他微微一笑比画着说，两分大的盐畦子，放两寸深的水，用扫帚拍平，用齿耙耙一遍，整平的盐畦子就会坐上硝，经过水的浸泡，盐就长出来了。中午太阳红的时候，开始刮盐。南湖产的是红盐，北湖产的是白盐。听说过中庄子吗？

又提到了中庄子。听人说起过，就是白码头，那个盐城子吗？

不知你听过这个没有，前年土地流转，推土机整地，推出来了好多大盐缸。缸口对着缸口，红盐装得满满的。

是盐窖吗？

不是。中庄是个专营金子和盐的商埠码头。缸口对缸口囤积盐的，只有盐商。

地震埋在里面了？

不像。可能经历了一次血腥屠杀后，一火葬了中庄。从平地推出来的砖瓦、房梁看，有火烧的痕迹。

一个充满悬疑的打劫故事。

我问起海原大地震，他说，我母亲姊妹七个，那天正听我姥姥说古今呢，突然吼声惊天动地，我姥姥跑出崖窑看，崖面垮下来把她打坏了。我母亲姊妹七个被关到了窑里。幸好窑里有两缸酸菜，姊妹七个以酸菜充饥，轮换刨刨出一个土洞，都钻了出来。

唐坡庄子不小，前面住的多是甘盐池羊场退休职工，我打听着来到李宝有先生家，门上挂着花布门帘，一股风帮我掀起门帘，门上挂着一把锁。我停在他门前的场上，看着场里堆的三垛麦草，一垛比一垛的颜色陈旧。场院踩上去虚嘭嘭地，似乎有几年没有紧过。旺盛的野草从场边长到场中。

风压草梢，朝一个方向起伏。我一回身，一个白色胡须的老人张望着走来。他的一大把胡子也被风吹向一侧，飘飘忽忽地很美。

我迎过去，说明来意，他请我到屋里说话。听到屋里二字，我一下饿得没有气力了。早晨六点多喝茶吃了干粮，坐了80公里班车，走了10多公里盐湖，9个小时没吃没喝，食差已过两顿饭工夫了。

李宝有先生打开门锁，我们进屋。他开口便讲，老伴去世了，一个人生活。可能由于饥饿原因，思维简单，我直来直去问他为啥不和儿子一起生活。他说趁他还能动弹，先给儿子减减压，不多给儿子添负担。儿子还要供养孩子上学。此言一出，令我敬佩。起码他是一个率真人。

您高寿？

73岁，还不老。

他让我坐到沙发上，我强行让他坐到沙发上。他的沙发与其说是沙发，倒不如说是一把低矮的座子。

他不太有70多岁人的动作，还刚健。他起来要给我熬罐罐茶，我坚持不喝，他无奈放弃了自己的主张。因为我的肚子空荡荡的，喝上罐罐茶会晕的。甘宁接壤的地方，乡下人都喜欢喝罐罐茶，因为这是招待客人的基本规格。

他和我相视几秒，他开口说起了他家和大地震的事。

甘盐池这块盆地，盐湖南边、西边的土地，都是靖远"毛卜拉"李家、张家、傅家这些大户开垦的荒地。李家就是李宝有的祖上。他的几个爷爷，舍不得在开垦的土地上修建庄院，借着山坡下出崖面，挖了一扁扁窑洞，叫山庄。春上动耧来种地，直到冬天庄稼打碾结束驮着粮食才回去。有的地方把这种远离村庄的农作模式叫坐山庄。甘盐池山庄距毛卜拉约 30 公里。

李家光阴好，我的亲爷爷奶奶染上了烟瘾，自觉在家里、庄里不好过日子，赶了一对驴离家出走，在南华山灵光寺脚下的九道沟，錾了几个石窑窑，住下来生儿育女，日子过得还算好，来时的一对驴变成五头驴。那一夜来了土匪，他们人跑了，五头驴被土匪一鞭子赶走了。我的爷爷担惊受怕，领着妻子儿女，和难民一样，逃到唐坡山庄，与我的堂爷、堂伯、堂叔们一起务农。冬天，庄稼收拾干净，家族里的人驮着粮食赶着牲口回靖远毛卜拉了，他们不再回靖远毛卜拉老家，就住在山庄过冬。农闲时也到盐湖里去刮盐，渐渐光阴又起来了，家里也有银圆了。

我听着他的叙述，猛然发现他长着一副虎相。

1920 年 12 月 16 日夜里，我的爷爷他们还在场里收拾粮食，咔嚓嚓的一声，整个天空发红，烧着了的一样，眼睛一挤地动山摇，场上的碌碡跳一人多高，地面裂开一扁担担不住的口子，扬好的粮食颗子闪到了地穴里，碌子跳进了地穴里，老人们担着抬草的椽子、杈把趴在场上，盐湖里冒出几丈高的黑水柱子，四山拉满了土雾。我爷爷说，从南山北山里簸起的土，一堆一堆地簸到了湖里……等我爷爷他们跑回山庄，眼睛都吓麻了，山庄不见了，崖面塌散了，所有的东西埋在窑里了，连同我爷爷的几十块银圆一起埋了，还有一个河南铁匠寄存的 12 把捞刀……

家里有没有折（shé，损耗）人口？

家里所有人都在场上忙活，牲口都在场上，狗也在场上，没有任何伤亡。

　　一场灾难，对于他家来说是幸运的。

　　我告辞，他坚持要用"三码子"（三轮运输摩托车）送我到甘盐池街道上。因为年龄，我想拒绝，他已经走出屋门，一把揭开苫在三轮车上的油布，牵马的一样拧出三轮车，唤我上车。

　　在他门前的麦场边缘，他点了一下刹车，自西向东指出一条线，说那是大地震震开的一道地穴，现在不明显，发了大雨就能冲出来，水灌进地穴，不知从哪里灌了，流不到盐湖里去。农业社犁地时，骡子掉下去过、手扶掉下去过、我开的东方红55也掉下去过。

　　路过一片梯田，他用手指点了一下，告诉我那地方就是中庄。这个中庄和卖羊的小伙在栈栏边说的中庄是一个地方。中庄距离南山银耙隘不是很远。银耙隘——甘盐池八景中写到的"南山石沟卧金牛"之地，有无数的淘金巷井。中庄是淘金人的大店方，白天害怕从银耙隘到中庄的路上遭到土匪打劫，起运金子一般都在黑天半夜。淘金旺季，一晚上可起十三镖驮沙金。一镖驮约130斤。

　　三码子拐上海靖公路，一道下坡飙向盐池乡政府。风掀起他的胡须，在下巴上散开，就像一面锦纶玉扇。他的驾驶技术娴熟至极，令我赞叹。

　　我给宝有先生付交通费，他拒收，但我还是坚持了我的做法。我请他下馆子，他说，我从不胡吃，一天只吃两顿饭，这是偶的法律。

2016.5.26

月亮红得像铁匠炉子里的火

万家水和甘盐池古城相聚万米左右，翻过一个鱼背似的山梁，往东下去到万家水，往西下去到甘盐池盆地。坐班车从鸡窝山上来，在每一个弯道的高端，都能看见万家水。

我搭乘海原发往兰州的头班车，没有到前头的鱼背下车，在一个弯道提前下了车。我顺着没种庄稼的梯田夹出的路向村子走去。5月19日，我在甘盐池遇到过一场不小的雨，雨水漫过的路面到30日，已过去11天了，没有留下任何动物的痕迹。脚踏到上面，感到路面糨糊溃结的质感。走了四五里路，没有见到一个小动物，常见的黄鼠也没出现过。听见鸟叫了，也是一两声，从头顶飞过。唯独山风，不单是入耳，更是钻心。

走过梯田，走上一条驴脊梁山丘，丘的两侧是羊群踩出的小道，延伸到庄口，在一棵不大的柳树下，与进庄的水泥村道汇合。

入庄，手右树园子里的椿树、榆树长得非常茂盛，而柳树、杨树没有绿叶回春，剥了皮的枯枝，如火的影子被阳光投射在地上。

进庄第一气味便是羊圈的味道。一个小孩在大门前见我——

陌生人——出现，探探头迅速转身跑进一个大门。我往庄子里走，必须经过这个大门。大门里面是个羊圈。四个大人补修隔圈的木栈。小孩不知什么目的，握起水管往水槽里浇水。羊还卧在各自的圈道反刍。几只鸡蹓跶到水槽唊（qiǎn，鸡喝水的样子）水。双手泥巴的掌柜的和我搭话，他和如今许多乡下人一样，不愿和陌生人说起本庄的碎事，你问什么都是不知道，问得多了不耐烦。我问起庄里有没有知道大地震的老年人……他立刻明白了我的意思，用手往庄子北面一指，拉长声音告诉我，庄后头有个姓贾的老汉，年岁大些，他可能知道。

我沿庄打听贾家时，迎面走来六个村民，他们要到设在甘盐池街道万家水村委会去做"双到户"的相关手续。我想闲聊几句，他们盯着我——盯——这样的眼神在近一个月的走访中频频遇到，理解很深。他们不屑我的原因我很清楚，行骗者乡下经常出现，都是人模人样，谁分得清楚谁呀。不想上当的人就不想理睬来路不明的人。

万家水是甘盐池种羊场一个牧业点，我在别的地方已有了解。户籍有1000多口人的万家水实际在村不足200口。曾经闻名宁夏的万只种羊场早就解体，分户私养，养羊最多的家户可达千只，养五六百只羊的家户比较普遍。

巧啊，贾老汉的后人在他家门前和我相遇了，他不愿让我接触老人。那几个人可能盯出了我的本性，他们帮我说好话，贾老汉的后人把我领到他家。

老人叫贾存福，86岁。他说，地震9年后，遇到民国十八年大旱，我父亲带领我们全家从静宁逃难到种田沟，我拜师学了烧红砖的手艺。解放前，老百姓居家建屋仅能使用蓝砖、蓝瓦，红砖、红瓦供寺庙专用，这是皇家的规定。解放后，老百姓也用上了红砖红瓦，万家水机砖场聘我做烧窑师傅，我便在万家水落了户。

贾叔说，我幼年放羊时听说，大震六七天，天天山崩地裂。

甘肃会宁县种田沟，关家老汉和一群赌徒在场房子里耍赌，一碗子揭开，地摇了，关家老汉撂了碗子，拔脚就往家里跑。山形不停地变，地面稀嗨嗨地闪，他爬起来跌倒、爬起来跌倒，哗哗哗的地皮，闪得拾不起身子，一直爬到天亮，眼头里跑的一只黄羊突然定住不跑了，惊叫声凄惨得很。关老汉往起一爬，栽了个跟头，他站住，发现黄羊的四条腿夹在地穴里。他趁着地面又动，闪开夹缝，抴出黄羊。黄羊跌跌撞撞都跑了，关家老汉栽跟搭头往回赶，等到家里，住家的那山抹了帽，家里大小人口都掴到了崖窑里，关家就活了这个老汉。关家是个大户，具体打毙了多少人口不详。

种田沟张家，是另一个大户，家眷有 40 口呢。震后就活了张家老汉和他有身孕的儿媳妇，其他人都掴到窑里打毙了。

种田沟的山和甘盐池的山不一样，种田沟的山是黄土山，山陡沟深，地摇时山赶山，北面的山向南面的山倾倒，太像固化的水波浪，一层压的一层不能起来的不能跌倒。后来张家儿媳带着遗腹子嫁给海原的刘镇长，遗腹子出生后依然姓张，在刘家生的后代姓刘，其中还有在兰州工作的。张家遗腹子成人后，爷爷领着他回家挖财宝。爷爷雇了人，挖开他家油坊，挖出油担，清理开油坊废墟，爷爷付了工钱打发了雇工，然后爷孙二人起出财宝，又埋到另外的地方了。

那次地震种田沟一共活了四口人，除了关家老汉、张家老汉和儿媳，还有一个张汝清老汉。据说他家有几百亩土地，十几对耕牛，还有不少骡马。地摇后这个老汉不跟人说话，突然失去了几十口亲人，又失去了辛辛苦苦积攒的财宝，他不跟任何人说话。

贾老汉突然不说了，他请我吃干粮，我喝了一口茶水望着他，他说甘盐池这面的地摇情况不了解。

我离开万家水，翻过鱼背山，步行到 308 国道 155 至 156 里程碑之间，我再次感受了竖立的海原大地震震中石碑。这块方形震石，每条边长约 3 米，厚约 1 米，采自南华山黄石崖震区。巨石背面刻"发震时间"的地方，平面如案。两次面对这块石碑，更是坚信，没有巨大能量的瞬间撕裂，石案如镜的平面难以形成。

我在 155 里程碑取出鞋窝里一颗垫脚的石子，走向 154。我看到一块指路牌，上面有一个别字，是靖远不应是靖原，原——别了。

在 153 里程碑处，我追上一个推着斗车载着两个木箱的人。他戴着一副近视眼镜，高一脚低一脚。我先和他拉闲，得知他家原先住在老城外面，现在搬到新农村去。他内心藏着高兴。

他突然问我，是不是旅行家？

我说谈不上旅行，用ＴＴ台球俱乐部经理王奕乔的话说，我进行的是心路历程。我说我搜集海原大地震的口头传说。世事转眼百年，经历地震的老人，在世的很难找到，知道传说的老年人也是越来越少，如果再不调查笔录，海原大地震有可能就是一纸空白。我自愿、自费走访调查，用抢救来形容我觉得不为过。

他一只手扶住车辕，一只手抬起滑下来的眼镜。他说，我在北山石门，给种羊场放羊的时候，在山水冲出的崖面上，见过两米多长的鱼儿化石，有骨骼，有肋条。这就是海原早先是海的证明。十多年前，崖面上的那条干鱼儿还在，现在不知还在不在。

我内心一搐。

我听人说，1920年那个夜晚，月亮山的天，红得连铁匠炉子一样。月亮山有家姓安的大户，雇了静宁的一个私塾先生，先生住在高房子上，地摇时这先生瞌睡咋那么重来，尽然还不知道。等先生觉醒，发现高房子位置不对了。他从高房子里出来，看到天空紫红紫红的，先生不知道这是怎么了。他听到人的哭声，先生摸索过去，才知道地摇把人关在崖窑里了。先生住的高房子是连着地皮拔起来，移动了几十丈才停下的。

月亮山的大地震传说翻山越岭地流传到了甘盐池。

天气热了，你老汉快找个地方凉一凉去。他关心地对我说。

又推车又说话，汗水已经漫下他的额头。

他说，我的新家还没搬整齐，乱七八糟的，不然你跟我到家里喝茶。

谢谢您，不打扰了。

我就知道这么一点，不要嫌少了。他说着拐进了街道。

我看着这个牧羊工的背影，后背走形，略微罗锅。

2016.5.30

十一月初七

也是凑巧，我在海原发长征的班车上，和同座一个比我年长者拉闲，我说了我的干头，他一听来了兴趣，班车在鸡窝山转弯抹角时，他给我推荐他的哥哥李登奎，说了他哥哥县城的住址、电话号码。他本人叫郭登举，一个状元及第的名字。甘盐池老城人。我问他哥哥姓李他为什么姓郭？他说他外爷家地震打绝了，没有根后，哥哥给外爷顶门姓了李。

我按时找到李登奎先生家。他住的地方，是亲戚家的。亲戚搬到了银川，他们搬到了亲戚家，既给亲戚看了房子，又带孙子上了学。他和老伴陪着六个孙子在城里念书，可见他们对知识的渴求与重视。

李登奎先生76岁，耳聪目明。他说民国九年海原地摇前，甘盐池城里人住得满满的，街市繁华。秋季雨水特别多，房里漏得住不成，在草垛上撕个洞，人住进去避雨。大雨一直下到冬季来临之前，房墙都下的不硬棒了。十一月初七过庙会，城里做买卖的人都在看戏，城隍庙里面响的咯嚓嚓的，会长跑进去一看，轿楼摔到了地上。会长还没有反应过来，地摇了。城里一阵阵摇平了，城墙摇塌了，打毙了一层人。那些打场的庄农人，眼头里的碌子连羊一样跑着呢，碰得冒火呢，还喊着说——天上的星星摇着下来了……

我大爷在打拉池教私塾，地摇时他从门里往出跑，门墩从两面合到一起夹毙了。外奶奶打到炕洞里毙了，外爷打到炕洞里胯子烧熟了。

盐城子富华得很，别处人吃不到的好吃的盐城子人能吃到。四路八线来盐城子驮盐的骆驼客、脚户住得满满的。地摇了盐城子摇平了，人和金银财宝一律埋到地下了。

冬天不做盐，我父亲在盐湖里守盐，住在外面，没有遭劫。他们从废墟往出挖尸体，第7天挖出个活人，是个会宁来驮盐的脚户，他问这一夜黑的时间咋这么长，险乎等不得天亮了。

甘盐池南山高家深沟，路家在那里坐山庄。山走了，从崖窑里扇出的一只鸡活下了，还有拴在牛圈崖背上的一只狗活下了，东家、伙计30多口人，还有骡马牛羊一起埋了，没活一个。

东堡子山𡈼里，崖窑坐了，家里五六口人都关到窑里，半年后一个娃娃活着出来了，吃光了窑里的酸菜和炒面，十个手指头刨土打洞磨秃了，指甲一个都没剩。

地大摇了40天，山一走再走，山庄一坐再坐，万家水、罗圈湾这些地方的窑洞里捂了七八家人，没有活着出来一个。

李登奎先生说，小时候他们在地震废墟上要，邵家庄那里的地穴又宽又深，他们跳不过去。老城里许多水井都成了枯井。

地摇过后九年（1929年），北方又逢大旱灾。我奶奶从万家水走到靖远双铺，20里路走了七天，最终饿倒在双铺。我父亲领着一个地摇活下来的妹妹——我的一个12岁姑姑，要去固原东山里糊口，老城一家姓李的大户人家，要抓养我的姑姑，说是给他家做个童养媳，父亲就同意了。

李登奎先生的老伴回来了，接了几个在城里学校念书的孙子回来了，我不好意思再纠缠他说下去，起身要走。他老伴很热情，洗手展案，要留我吃饭，我推辞还有别的事，赶紧走了。人家那么大年纪，老老少少的家口也这么大，怎么好意思混这口饭呢。

2016.5.31

莂（bié）菜老人

一道铁丝网，隔开了一小片菜地与荒地。我踏着陈年的庄稼茬地，走到铁丝网跟前，三垄小白菜长在垄上玩风，两个老人蹲在垄下莂（bié，植物生长太密而移栽）菜。

城里尘大风小，野外风大尘小。我张嘴说话，他张嘴说话，我们之间有风没尘，隔在我们之间的铁丝网，能吹过风，也能通过话，有时也能晃一下眼睛。

老人叫赵义财，他和老伴住在这里。我问起海原大地震，他说他今年80岁，没有经历民国九年的地动。地动，这是地震的第二个别称，第一个别称是前面出现的地摇。我问他听老人说过没有？他略微思索说他老人说，地动时他们家住在海原城里，地动那天是农历十一月初七，地面嚇楞楞几声，惊动了房里的人，站也站不住，跑也跑不动，房架子、房墙摇倒了，摇平了，跑出去的有活下来的，也有被瓦和椽子打坏的，没跑出去的没活下来一个。他们家20多口人，活了一半。家家都遭灾，谁也帮不上谁，各家的活人往出掏各家的亡人。打下去一个坟坑，四面打四个洞洞，头对头埋四个人。地动跟着地动，掏不及，埋不及。

老人们说，海城还不在地动的正线上，靠南华山山根那一带是正线，地动时地面开了，啥都吸进去了。我们家的人在北面个浪亲戚去了，地动了打在窑里了。崖窑抹帽了，一是土厚掏不出来，一是也没人手掏，就在崖窑前面上坟。打在里面的人还活着的，能听到外面的人说话声，外面人听不到里面人的呼救声。第 40 天去上坟，崖窑前面咋有人的头动呢，这咋了？上坟的人过去看，才知道一个女人刨了 40 天，刚露出头，身子还没出来冻坏了。

老人说，黑风刮给了三年，吹塌摇损的墙，又打坏了不少人。

十一月初七是地动的日子，到他上已经传了五六辈。这个灾难的日子，居住在海原的不管谁都能传下去，这是共同的灾难记忆，到日子上都要去搭救亡人呢。

风掠过小白菜的叶子，掠过荒地里的草梢，在我眼头里抖动，轻轻微微。

2016.6.1

菜园的窑洞

红葱走得很快。西门市场忙碌的杨老板，用他的话说，在大家的尊抬下，他当上了蔬菜批发商。这个季节的红葱他一天能批发 3000 斤左右。他让我等一会儿，马凤刚一会儿就来。

我翻开那天的笔记，马凤刚先生西安乡菜园人，今年 72 岁。他与老伴带着孙子在城里住。老伴给他和孙子做饭，他每天从杨老板手里批发一二百斤蔬菜零售……我一抬眼马凤刚先生坐在市场边上观望，我过去蹲到他的一边。他好像才发现我也是个老汉，侧着蹲起身子，从屁股底下抽出一块平放的砖递给我，立起另一块平放的砖，坐到上面。我和他相同的姿势，坐到侧立的砖上。他开口便说，那天连老汉扯磨呢，叫事打断了，没有说个啥。我们菜园有历史呢，有菜园文化呢，菜园是新石器原始人创造文明生活的根据地，有陶罐、石斧、玉刀、灯盏窝窝，前些年国家经常派人来考察。

我帮考察队清理过地基，听专家说，原始人创造了菜园文化，特别是在窑洞里发明了客厅，证明菜园的原始人的聪明要早先一步呢。民国九年地摇时，几千年后的菜园人住的还是窑洞，比菜园原始人住的窑洞宽展了些，但少了客厅，是不是还落后了呢？哈哈这是开玩笑。

我听我爷爷说，民国时候，咱们这里的人还穷得很着呢，没有钱盖房子，一律住的是窑洞。我爷爷弟兄7个呢，亲人有50多口。虽然令了家各住各的，各有各的光阴，庄稼活还是一起做。十一月初七当晚地动前，我爷爷的哥哥、弟弟刮完二幔麦茬回去吃饭，轮到我爷爷吆三幔。第三幔还没转圆，地动了么，牛惊了，磙子跳开了，跳起的磙子摔倒牛，从我爷爷的头上惊着过了，天一下黑得啥都看不见，尘土把天地罩了。我爷爷辨不来方向，这咋了啥，一阵阵有人哭着喊地动了，我爷爷才辨来是地震了。

我爷爷跑到家里一看，弟兄7个的崖窑，齐刷刷抹了帽，他喊谁谁都不答应。脚底下还忽忽地闪着呢，地面嚼得地面嗑嚓嚓的，黑风揭起地皮子飞了。

我爷爷往外掏摸在窑里的人，掏着出来活的放在一边，掏着出来亡的放在另一边。人都忙着救人了，没有留意，把掏出来的活人给冻坏了。我爷爷说打坏了一半，冻坏了一半。我们7户人，打绝了6户，亡了40多个亲人。

我抬头看时，站在我们后边的杨老板等四五个人，听到这里都沉默不语。

菜园在南华山下，有草场呢，地动前我爷爷兄弟7个养了30多头牛，200多只羊，地动时惊着跑了，没有损耗。我爷爷性子直，别人怎么劝说，坚决不引受绝业。

绝业？我发出疑问。

绝业就是别人在灾难中留下的家产。我爷爷不引受的绝业是亲弟兄的，是一个妈养下的亲弟兄的，他都不引受衙门里有个叫马彦华的班头听到信，说他是我们的党家子，他能引受这份绝业，马彦华就从山里把牛羊赶走了。

马凤刚先生说，我爷爷经历得多了，民国九年没打坏，民国十八年差点饿坏。九年时间遭了两次大难，人啊孽障得没个活头，这地方的人口连打带饿差不多绝了。我爷爷经常说，年成是民国十六年、十七年大旱跌下的，饿是饿坏了不少，但没民国十八年庄稼成坐胀坏的人多。

民国十八年，前两年籽种都吃得差不多了。人们常说，饿死不能吃种子，但不能把嘴缝上，还得吊命啊！春上，奔往上野菜，我爷爷狠心扣下了一把糜种子，装在插袋子里不离身。就是饿死种子不能吃绝。气候回暖，我爷爷一颗一颗地点进地里。我爷爷守着不离糜子地。糜子长出一对叶叶，给自己说这咋饿不死了。糜子长到四个叶叶，给饿得满嘴流水的家里人说，咋再忍咔（kā），看着饿不死了。糜子长到一尺高，给搊不住头的家里人说，鼓劲活着、鼓劲活着，再有几十天我们就能吃上粮食了。欸，到这个时间，人饿得已经不知饥饱了，浑身上下，从里到外，整个人绿透了。肚皮薄得连纸纸一样，能从肚子的这面看到肚子的那面，只要被啥碰给一下立马就破，肠肠肚肚没有担负，东西吃得快、吃得猛、吃得多，那只有等着破了。我们想呢么，肠子里的野菜，隔着肚皮子看得清清楚楚的，胀咔就破。海原有个人嘴上一直唱着一句是，十八年饿死了我二哥，其实是十八年胀死了他二哥。

不要说我爷种的糜子，一墩打了一升，就是那个夅糜子都成了。夅糜子是溜生的，比糜子黄得早些，救活了不少人。夅糜子就像稻田里的稗子。我爷爷说，他把夅糜子捋回来磨成面，刷成糊糊，举一根鞭杆站在锅头前盯住，一人只准喝一碗半，不能多喝，超过标准肠肚就破，人就送了命。喝了十天，才加量，一人准许喝两碗。一家人总算平安地活过来了。

我爷爷也经历过低标准。食堂分糊汤的是一把马勺。掌勺的给下大苦的打一满马勺，下一般苦的八九分，病残者六七分，娃娃四五分。说起来，家里干净着饿得老鼠都不回家了。我爷爷已经苦不动了，我正是力气圆的时候，我就到定西去背糜子。一背架子背了120斤糜子，路上用糜子换面，吃着回来剩了70斤，我爷爷抓起我背回来的黑草糜子，高兴地说，孙子你是个儿子娃娃，能行得很……

马凤刚先生说到这里，杨老板喊他，问他挂葱吗，我们两个站起来，我把我坐的砖头摆到他坐的砖头上，他去挂葱了。

2016.6.1

土圪垯蚰蠕一动

东盛小区到了，司机详细探问了我的目的，他让我到小区北门，那面门上有拉闲的老汉。我刚要下车，上来一个 60 岁出头、手脚麻利的男子问司机，这个客人找小区里的谁？我主动说，我是搜集海原大地震的走访者。男子一听，开口就说，快一百年了，这个小区没有百岁老人。我说能找到老人流传下来的传说就行。他说，我听我舅爷说过，蒿子川我们的亲戚，地摇那一天宰了一头牛，在窑垴里收拾呢，地摇了么，崖窑前半截滑下来捂了窑门，后半截撑住没有塌，收拾牛肉的人和牛肉没打上。蒿子川的崖窑烟洞穿山挖的，烟洞没有塌，正好能透进空气。这几个人吃着生牛肉，用刀子旋大烟洞，从烟洞钻出来活了。

东盛小区北门，果真如此，老汉一堆，老奶奶一堆，各拉各的闲。我准备走向拉闲的那一堆老汉，电话来了。给我打电话的是海原印刷厂退休的马汉义师傅，他是花儿体诗人。我们三十多年前就有交往，可谓忘年交。我们头一天通过电话，他家里当时来客人。今天他打电话过来请我到家里做客。我说明我正在做的事情，他停顿了一下说，听我妈说海原城里出现了个人，嘴里反复念叨：青龙背上剩三分，黑牛鼻子窟窿不剩人。

十一月初七地摇了，摇平了。我外爷山里有家亲戚，男人吆脚出门了，女人娃娃打到崖窑里了。男人吆脚回来，人捂在窑里，窑捂在山底下。男人想掏没有工具，用手刨了几天也刨不了多少。男人经常去上坟，里面的女人听见男人来上坟了，领上娃娃们一起喊，男人就是听不见，上完坟就走了。40天都过了，有个羊把式赶的羊过来，羊群惊了。羊把式以为遇到鬼了，跟着羊跑了。跑了几步，羊把式停下了，这个地方的人也是羊把式的亲戚。这个羊把式就有了想法，摸索过去一看，一个女人的头快从刨开的土洞洞里出来了。羊把式一看亲戚还活着，帮忙把亲戚搭救出来了。

那个人的话是啥含义呢？地动后人们明白了。青龙背指的是安架房，牛鼻子窟窿指的是窑洞。意思住房的人能剩三分，住窑洞的人就打绝了。

我选择了三个老汉那一堆，与他们蹲到一起，他们的话被我一蹲顿住了。我说我是干啥的，他们开始说了。他们说的不是他们之前的话题，而是我的话题。

田增义，72岁。地摇时我家在谢家沟，住的崖窑。家里四口人，我爷爷、奶奶、大爹（大伯）打坏了，就剩了我父亲一个人。地摇后殷家山又遭瘟疫，亡了不少人。

苏占贵，76岁。他说，蒿川舅舅家七口人打绝了，挖出来埋到了一个坟坑里。地冻，工具少，人手少，只能一家子的亡人埋一个坑。

蒿川是山区，地摇时山泼了，像我舅舅家没打绝还有人往出来掏呢，那些打绝的就没人往出掏了，现在还在窑里捂着呢。蒿川的崖窑大，一个窑洞能圈140只羊，20个人才睡小半窑。

这个老汉我忘了登记姓名，光记下了这则传说：灰条沟一家有个女人捂到窑里，男人上坟女人能听见呢，女人喊的声音男人听不见。40天上男人来上坟，一个土圪垯蠕蠕一动，钻出了一个人，披头散发，男人以为是鬼，折回就跑，跑了几步，女人喊他的名字，男人折回哭着喊着腿子软着扑到跟前，抱住差点把气哭断了。两口子生呢死呢的就这么又团圆了。

我还想再找几个老人拉闲，放学了，老人都拖着孙子回家了。

2016.6.2

米湾有间没摇倒的房

我要去牌楼山口等候发杨坊一带的公交车。

路过新建的海原广场，遇到了一个老亲戚。

他叫柳生荣，退休教师。我听我父亲说，地摇的时候我们还住在杨明，北山啪啦啦啪啦啦响了很久。地摇的那个晚上，我父亲11岁，去羊房子听古今，家里人收拾睡觉，咔嚓一声，窑顶子掬了起来，我爷爷是个大个子人，一肩子扛开合住的窑门，跑了出去，窑顶子扇了下来，堵死了窑门，里面的人没有跑脱，打坏了。打坏的娘儿们埋在了一个坑里。

在牌路山口，我坐上了去杨坊的公交车，坐在一个老汉身旁。车还没翻过牌楼山，我俩就开始拉闲。他叫田俊瑞，76岁，家住双河中湾。他说，我们家住的是崖窑，窑里面还有套窑，也叫拐窑或者怀窑。地震那一夜，家里的六口人几个在窑里几个在窑外。我太太（太奶奶）靠窗坐下剪窗花，我爷爷和我姑爷在窑垴的拐窑数羊皮。窑外面的我太爷爷他们几个人，眼瞅着崖面子咕嘟嘟地冒开土了，崖窑速度成粉，连面一样滑了。我太太、我爷爷、我姑爷捂到里面了。我太爷爷他们几个就往出掏人。太太打在窑前面，掏出来已经亡了。我太爷爷送了我太太，又掏打在窑里的我爷爷和我姑爷。人掏着，地摇着，地摇着，人掏着，掏了四五天，崖面又往下坐了，恰好在窑尖上坐出个月牙儿，月牙儿那么个样子的弯弯口，我爷爷大啊大啊的喊声传了出来，我太爷爷爬进去，从窑垴的拐窑救出了我爷爷和我姑爷。

田俊瑞老汉说完，他后座的一个中年人听明白了，他热情地给我说，一定要到杨坊下面的前川、新堡子去了解，那里有 95 岁的田增玉老汉，还有 80 多岁的田成义、田增堂、马成祥、田增贵、马成武老汉……

我走下公路，走进庄子，连着几家门上挂着锁子。我走到一家羊圈崖背，居高临下式的写实，发现两个老年人在崖下的羊圈里忙活，老头清扫圈道，老婆撒草，几只羊羔从一道高台子上跳下去，顶着青草玩"功课"。我在崖背问张明功的家，老头没有停下活计，弯着腰脸对着地面，大声说，回身看那面，哪个门楼子阔气，哪个就是张明功的家。他继续忙他的，依然没有抬头看我一眼。

正午，阳光耀眼，为看清一个物儿，顺光、逆光、侧光都不肯帮忙，眼头里的物体几乎是平面的感觉，但阔气还是明显的。

我敲开张明功先生家大门，他的老伴把我让进去。我穿过有门道的大门，门道顶上有一窝燕唧唧，大燕子正在喂养雏燕，衔食衔水，飞出飞进。

我进到上房，张明功先生穿着短袖、短裤跟脚进来，和我热情拥抱。我去得恰好，他刚制作纲胲（wóyé，好）浆水菜。

明功先生今年运气好，给某剧团创作了一部舞剧得稿酬5万，给某剧团创作了一部大型民族舞剧得稿酬20万。他的案上放着小学生使用的两个作业本，他在算术本上打草稿，改好后，工整地誊到小学生语文本上。

我们简单地说了说过去，开始拉闲。

他说，我们张家过去是米湾的大户，民国九年我老太爷请了一位秦安姓李的匠人，花了大半年时间修了一座双栌梁安架房。地基下了三尺深，石头扎的根子，房架全是卯榫结构的。老太爷搬进新房住了不到两个月，地震了，米湾20多户人家，震后老天爷留了十几口人。这十几口人，白天各掏各家的亡人，晚上都集中到我家那座大房，哭哭啼啼地相互鼓劲。铁锨、镢头打到窑里，掏亡人没有工具，就用手刨，手指头都磨破了。外面人往里刨，里面人往外刨。里面的人刨到皮皮子上了，搭救出来冻完了。还有听到打在窑里的人的哭喊声，等刨到跟前，那人在菜缸跟前断气了。庄里人在我们那个房里住了大概三个月，春暖花开时间，各自搭建了草棚，就算安家了。

时间等当好的一样，我们说到这里，他老伴端来黄米洋芋馓饭、腌肉炒韭菜。这些食材都是他自己务的。他说他一直用的是天爷水。就是打一个胶泥窖将雨水收集起来，可以储存一年到两年。不吃河道里污染过的水。

2016.6.5

咯叭、咯叭、咯叭……

米湾现在是史店乡一个自然村。

田拐是史店乡另一个自然村。

走米湾，田拐是必经之地。

原计划离开米湾去双河堡，候班车时遇到尕胡子老田。他问我是哪里人，我说海原人。干啥工作？走访海原大地震的传说。他啊了一声，一百年了，老人们说的没记下，亲身经历没赶上，倒是亲眼见过一件稀罕事。我急切问他，和大地震相关的事吗？他不急于说他的亲眼所见，开口却打听在史店沙沟教过书的某位老师。尕胡子老田这是他自我介绍的，他能果断介绍自己的号，对我想知道的他却卖关子。

到了春天，我们农民也不怎么操心这件事了，继续学大寨修梯田。我们在田拐挖开了地震垮塌的窑洞，说是挖出金圪垯、银圪垯了，人们都围上去，几个媳妇子，嘴里妈妈哟、妈妈哟叫唤哩。多的人吓得跑了，我挤到前面一看，炕沿上坐着一个光身子女人，怀里抱着一个约摸两岁的精溜子娃娃，看起来隐隐糊糊的……几个老汉一下坐到窑门上念开了……约摸就出了那么几口气，就听到窑里咯叭、咯叭、咯叭地响了几声，那声音干净着，带着一丝儿气息钻进了我的耳朵，就几秒钟的时间，那娘母哗的一下，身子轻轻地散开了，一股子白烟一冒，骨架子散开，从炕上落到地上，落了一摊白骨…… 这母子是大地震关在窑里的，在炕头上坐了几十年。

2016.6.5

地面错版了

树台老街那个商店不见了。40 年前，我在海原县水电局为临时工，修张湾水库溢洪道来树台商店称过两斤伊拉克蜜枣。我在老街基础上新建的街道东张西望，除了感知街道路形还有点旧忆，几乎没有我能认出的物体。

要说没变的就是丁字道口的交错方向，南北依旧是公路，照通关庄、红羊、西吉、会宁等地。由现在街道两旁的建筑，不难看出树台人富了。三层楼房虽是个别，二层楼房面面相对列入街头。

少了我买伊拉克蜜枣的商店。

走过树台中学，将到河畔，我看见专为东乡族人修建的小区。东乡族过去主要集中在树台乡大咀庄。搬到这崭新的家院，离不开政府共同富裕的关怀。

我走到小区门口，过去和两个有胡须的人蹲在门房窗户下一起享受阳光。我打听马万良有没有移居到这个小区，他们说没有，之后的三言两语，他们就明白了我是干啥的。

李文贵，东乡族，原住大咀。他说，我们大咀有个老汉给我说过，地摇那年那个老汉18岁，在南华山那面的油坊院当伙计。掌柜的家住的是地坑子，地坑三面挖的是地窑，没挖窑的那面是大门。晚上吃完饭掌柜的喊上伙计，去摊第二场豆子。掌柜的老婆和四个女儿也跟着一起去摊场。摊到一半，他和掌柜的小女儿打着要呢，小女儿跑回地坑，他要追呢，被农头收拾了几句，罚他到豆垛上下豆个子。他爬上豆垛，下了没有几捆豆个子，地面嘛楞楞爆炸了，他在豆垛上前一下也栽倒了后一下也躺倒了，身子完全不是自己的，磉子往左立起来往右栽下去，往右立起来往左栽下去，在场里打跷头……地面错版（不能合拢）了么，这面闪下去那面闪上来，等他站稳当，掌柜家的地坑子摇成一个墟土窝窝，几乎平了。这一家就活了掌柜的和他儿子，伙计里就活了个他。他们挖了40天，挖出了掌柜的小女儿，人殁了手里还攥着自己的毛辫子。他们挖出掌柜的女人和另三个女儿，娘儿四个围着一个洋芋筛子坐着呢，人也殁了。这就是那场地震的惨境。

马凤福，东乡族，64岁，原住大咀。他接着说，我有个三爷，古今多得无数，一家子大大小小挤在场房子里说古今，嗵的一声地摇了，房顶不见了，土雾遮住了星星，我三爷力波大的无数，一肩膀把倒向里面的墙扛住倒向外面，一家子没有打坏一个。他们家的三对牛埋到窑里了，爷儿、弟兄们齐心协力，挖出伤残的牛还跟上了刀子。我三爷爷第一遍喊对面邻居菲勒的名字，没有听到应答。我三爷爷又菲勒、菲勒、菲勒连着喊了几遍，听到菲勒家的狗叫开了。菲勒！我三爷爷又大喊。菲勒家的狗汪汪叫两声。

菲勒！

汪汪！

……

我三爷跑过去一看，菲勒家崖窑抹了帽，垮下来的土，还冒着热气。菲勒家的人打得绝绝了，只剩了一只狗。

听老人们说，悲惨得很，捂在窑里的刨啊刨啊，快透土了饿完了。有的出来了，换了口气冻完了。

还有一个受了伤的人，从压住窑门的墟土里毁出来，忍着伤、忍着饿，浑身没有力气不得动弹，他不甘心将没有换水的体子遗弃到黑暗里。但他没有办法，卧在洞口外面叫风吹着又埋了。有两个人路过塌窑，先一个路过的人看见洞洞口口上卧着一个人，以为是鬼，吓得退回去了。先一个叫后一个去看，后一个觑哩、探哩地过去，看到一个剩了骨头串串子的人，手伸到鼻子底下一试，还有一丝丝气呢，这两个人把这个人搭救了。

我爷爷说，光那个黑风吹着、吹着、吹了40天呐，地皮子揭起了层层子。

马良清，67岁，东乡族，原住大咀。他早就凑到我们的圈子外面，马凤福刚说完，他就说，你到浪塘水去打听，寇家有个老奶奶，那时间爱耍赌，小脚，不能走远路，去赌场都是老汉用头口驮上去的。寇家老奶奶脚头很硬，谁使鬼就把谁一脚蹦出赌场了。我问地摇那晚，老奶奶在哪里？听说过没有？他说，老奶奶在哪里不知道。他看着我说，你们曹洼小南川，出了个国民党的营长姓田，家道还好，盖了几间杨木椽椽子的房。田营长外太太来看女儿，外太太的女儿就是田营长的奶奶。晚夕，外太太和田营长的老婆还有田营长的一个兄弟媳妇住在上房里，地面颠都没颠，哐啷一声房顶下来了。兄弟媳妇麻利，跑着出去了，田营长老婆没跑出去，椽椽子下来担住，人可留下了，田营长外太太打坏了。跑出去的兄弟媳妇，刚好踩到张开的地穴，掉进扁夹缝再没找见。就在兄弟媳妇掉进扁夹缝的地方，一头牛也囫囵进去了，尾巴和一只蹄子夯在外面……那一阵慌乱，也没人去搭救，地面忽闪忽闪的，活着的人抱个椽子趴在地面上，地穴就在身底下一裂一合，抱着椽子的人，大叫地球末日到了！那一声一声地哭喊，把心都揪着出来了。

马良清老汉说的曹洼小南川，在南华山东面，树台在南华山西面。两乡听起来很近，走起来得翻山越岭。

学校放学，他们要去接孙子，李文贵让我去街道南面新建的三层楼去找马建昌，是个邮政工人，见闻多。

我走到街道最南面还未竣工的三层楼，找到马建昌先生的孙子，他听我找他爷爷拉闲，他问明白我的意图，放下摱（mān，把泥糊到墙上，抹出光面）炕的泥逼（抹泥工具），搓搓手上的黄泥，带着我到他爷爷的卧室。

他爷爷正在午休，我说不要打扰，他说没关系。他在他爷爷的胯部轻轻推醒他爷爷，他爷爷睁眼欠身，应了一声。他给他爷爷说，来了个拉闲的。

马建昌老汉坐正身子，退下搭在身上的被子，吸（盯）住我看了一会儿，润润嘴说："你是哪里来的拉闲的，我不认识呀？"

"我听说过你。"我说。其实我在张湾水管所当临时工时，收到过一封马师傅送达的父亲、母亲教导我的家信。

"你跟他拉闲，你就认识他了。"他孙子说。他孙子让我坐到炕上，他就出去忙活了。

马建昌，77岁，邮电局退休工人。他说，海原大地震北弱南强，北面是石山，南面是土山。甘盐池盐湖整个挪了地摊子。到了范台、西安老城、菜园，地面错版了，裂开的地穴黑水胡冒呢，到了红羊、李俊、九彩坪，地穴往西南一拧，裂开了西吉的苏堡、田坪一带，地面塌散，摇得七花八牙。

我是个邮递员，这些是从报纸上零零碎碎看到的，不是我研究的。

我赞叹马师傅的阅读积累以及谦虚的品德。

刺儿沟、油坊院，那里人住的四方子坑（地坑）摇平了，几乎打绝了。范台小儿岘也住的是四方子坑，十户九空。蒿内、马儿山、党家岔山走了，山赶山，坡赶坡，瞬间聚成了堰塞湖。

我是个送信的，到处跑呢，报纸上看的，路上听的都有。有些地震方面的传说就是我送信到大咀大岘子，晚上回不来，住在马万良老支书家听他说的。

马师傅和我又拉了些别的事，我谢辞，他送我至街门，我挽留他止步。

　　街道，赵家招待所门前，两个人蹲着拉闲，从服饰可以分出，他们民族不同。我走过去凑到他俩边上。我越来越理解宁南方言——拉闲。拉闲、拉闲，拉着、拉着就不闲了，不闲就有主题了。我们拉到地震，张生真就开口了。

　　张生真，龚湾人。他的确切年龄疏忽登记，约摸 65 岁。

　　我爷爷被打进炕洞烧坏的。我们有个做庄稼的吊庄，那一夜刚收拾好场里，人都回窑洞吃饭，忽雷雷地摇了噢，尘土把天罩了，天昏地暗，在窑里吃饭的人没出来一个，光剩了一只惊叫的狗。我大爹去吊庄一看，号着回来了。126 口人，留了 3 口。

　　我们吊庄，700 户一带，十庄九空。韩庄整庄打绝，现居没有一户姓韩的，他们都是地摇后搬来的。

　　马凤珍，索黄川人。他的确切年龄疏忽登记，与张生真相仿。

　　我听老人说，地摇时我们家不在索黄川住，在索黄川上头些住着呢，住的几间柳木椽房房子。呜的一声地摇了，就像谁吹了一口气，房顶顶转着上到空中分散了，满天的星星就像跌到家里了。我们家真是幸运，没有伤到一个人。地摇后是个什么情形呢？老人们一搭提起就淌眼泪呢。老人们说，听到窑里面有人喊呢，知道里面人活着呢，家具打到窑里了，十个手指甲都刨没有了，手指头刨得血肉模糊，也没有力气搭救了。头一天听着喊救命呢，二一天就听不见，外面的人听着里面的人就那么完了。余震摇的磅子在场里转着呢，救人的人又被打坏了，庄子里没人埋人了。人打光了，狗成群了。狗本来是吃独食的，野狗来吃它的食，它会护食的。狗没人喂了，一个庄子上的狗十来个，吃不上食，聚到一起那个嚎啊，后来就刨亡了的人吃……

凄惨得很啊，索黄川的索家人打绝了！

顺着地震带走，摸着线索跑吧。

我搭上去张家寨的班车，进入小洪水沟里，就完全进入黄土丘陵区，山势了然，地貌古奇。一掠而过的地震遗迹，随处可见。特别是山脊走滑出的断崖，斜斜地显出深邃而黑冷的穴口，扁扁的裂成一个夹缝，就像一个没有添加内容的括号。

树台与种田两乡并不远，海原发张家寨的班车和平川发刘家寨的班车，下午三点半左右在种田相会，去刘家寨的乘客下了张家寨的班车上了刘家寨的车，去张家寨的乘客下了刘家寨的班车上了张家寨的车。我下了张家寨的班车上了刘家寨的班车——我出省了，我到了甘肃。

班车不大，适合山区通行。我的过道邻座是一对年轻的情侣，那亲密的方式与样子像结婚不久。前座我看到的是一个女人的头顶，几根白发已经很显眼。后排没有乘客，空着。我主动和隔着过道而坐的小伙搭话，话题转到海原大地震，他的身子离开椅背坐直。他说他们的家在树台乡浪塘水，他叫常凯亮，从兰州下来，回浪塘水。我说浪塘水有个寇家老奶奶，听说过吗？他说知道。我想让他说说，他说他知道但说不上。他说他爷爷能说上。

　　我问常凯亮怎么回浪塘水，有没有班车，他说没有班车。他们要在宋堡下车，徒步翻山回浪塘水。我问有多少里路，他说不到20里。我说我从刘家寨折回过来，可在宋堡下车去浪塘水。他马上告诫我，一个人不可以走这条路，人都迁移了，狗野了、疯了，五六个一群一伙的，你年龄大了，不要走了。他的女朋友接着说，一群一伙的狗是个团队，一晚夕咬死了一家的七只羊。前几天咬伤了一个行人，不是羊把式赶去搭救，那个人就危险了。20里山路算个啥，但我还是怵了。狗野了，比狼更残忍。1920年地震后，狗野了，它们把能吃到的亡人吃了、半亡的人吃了、窑里的亡人刨出来也吃了，乡下的亡人吃不到了它们结伙进城吃……

　　我说天不早了，他们也不要走了。小伙说，没关系，我们两个人呢，下车在宋堡找一根棍拖上就过了。再说我们两个人呢，一个给一个壮壮胆就过了，或者运气好遇不到狗群也就过了。他的女朋友说，不然你老人家跟着一起过，就是天不早了，说我跟着跑不动。过那两道山梁就得奔跑，拖到夜里遇到狗群那就完蛋了。

　　紧说着班车就到宋堡了，隔着窗户我们挥手道别，山沟已经暗了下来。我祝福两个年轻人不要遇到狗群。

　　突然感到，走了这些地方，还是海原的房好看，水好喝，路好走，山好耍。

2016.6.7

地面扯了

下午五点多我到了会宁刘家寨，住进车站旅馆。

本旅馆侯掌柜对我说，他们刘家寨有一孔 20 丈深的大窑，人坐得满满的看戏呢，地摇了，哐啷一声，除了姓田的一个老汉和孙子没有遭劫全部埋在了里面。我就是为这句话到了刘寨。

我按照侯老板的指引去寻访老者，临到老者家院，得知老者已去世了。

往旅馆里走的途中遇到一个人，他姓李。

我和李家走到他家三层新楼的过道拉闲，听他说这栋楼新近盖成，楼后面的院子也是他的，院里还有他的数间出租房。

一辆客货车，载着满满的货物开进过道。我俩让开路，货车开进后面的院子。一位戴帽的老者，杠杠地走进过道。老者和李家打过招呼，用眼瞥了我一下，我盯着他杠杠地走进一间房子。

这老者精神的，多大年纪了？我问。

年龄大了，人还不老。李家说。

我请李家帮我去请老者拉闲。他打开他的住所，让我进去，他去请老者。转眼李家和老者就进来了，李家已给老者说了我的身份。老者进门，就乐呵呵坐到炕沿上，自谦道，我是个文盲，但我知道活人的总路线。

老者一开口，我就闭上嘴了。

你们续牙的时候，把乳牙怎么处理的？老者问我。

上牙撒到房顶上，下牙塞到门转窝。我说。

一样，一样。我叫袁炳义，77岁，一口牙齐生生的，没有一个是真的。

他说，猴年地动的，已经快百年了。地动的那天夜里，张湾、堡桥、刘寨窠，三个窑洞里唱戏，每个窑洞人坐得满满的。张湾那个窑洞看戏的人里头有爷爷孙子两个，孙子突然对爷爷的说，爷爷、爷爷，人背子上咋都插的是白旗旗？爷爷问孙子，你能看见呢？咱爷孙两个背子上有白旗旗吗？孙子说没有。爷爷忙忙拉着孙子出了窑洞，霎时地动了，天翻地，地翻天，地面摇着扯了，爷孙俩抱着一根木椽，担在地穴上躲过了劫难。三个唱戏的窑洞就活了这爷孙两口，打坏了120口。我爷爷大名袁世荣，是会宁县有名的袁木匠，做了120口棺材，埋了遭劫下场的人。这正是大发灾难财的时候，如果黑财，那就暴发了，我爷爷分文没取。地动的火难、袁木匠的善为，在我们家里、庄里传了六辈，都称赞袁木匠是善人、好人。这就是大家的福口，越吃越有。

我问李家，袁炳义老者有几个孙子？他说这是老人家在镇上做百货批发的几个孙子，乡卜还有孙子呢，一共有多少李家也不知道。袁家典了李家的院子搭了库房，典了李家的房安了家。李家说老人家的孙子盖帽了，是刘寨镇上最大的百货批发商。

李家突然问我，你见过一本叫《三遇集》的书吗？是宁夏电影制片厂的一个人写的，里面有一篇《1920年海原地摇了》，哎……写得好，看完你还觉着地在摇。

你看过这本书？我问李家。

他从一个很旧的桌子抽屉里翻出一本《三遇集》，拿过来给我看。我眼睛一热，差点流出泪了。

这是一本盗号书。

李家看看我，翻开书舌上的照片，往后退了一步，惊奇地问道，你莫不是王漫曦吧？

我咧嘴一笑。

哎呀，……我担心你写不过人家，给你提个醒，没想到你是他的形，他是你的影，你俩是一个人啊！

有了这么一件事，时间就加长了，他的弟弟也来了。

他弟弟说，他小姑父的家在镇子后面王庄，修了一座海原式的大上房，足足能抗九级地震。王庄有个王焕文，他的父亲是个货郎，家里窖下硬货着呢。地摇时一并关在窖里了。那是山走了，窑洞随着山走了有六七十米。那座山头的一部分走到王庄的滩里了，一条路从断窑处经过。王家后人为了挖出老人的骨殖，也想挖出老人积攒下的硬货，头一天开了个很深的槽子，去缓干粮，回来槽子自己平了。第二天又开了一个槽子，缓罢干粮回来槽子又平了。一连三天，在同一个地方开了三次槽子，三次平了，王家放弃了。

　　我回到侯家店里，想冲个澡。侯老板告诉我，刘寨是干旱地区，缺水，吃的是窖水。

　　窖水、雨水、廊檐水、天阴水、天爷水，是同一个水，是善水，是西海固的稀罕水。这水绵、润、甜，也是沏茶的良水。偶然发现，杭州种龙井茶的茶农，沏茶的水就用积攒在大缸里的雨水。

2016.6.7

抱猴娃子去

　　"节约用水"的提示贴在水龙头斜上方。吃水靠天的地方，惜水如命。在这样的地方浪费水，犹如侵害他们的生命。你不仅得不到欢迎，甚至会招斥责。

　　昨晚袁炳义老人说窖水是消炎汤。此时我用窖水洗过手脸，感到了手脸的绵软。

　　我喝茶吃了一个油饼，背上行囊，搭车去种田沟。

　　我的前座是个老年妇女，领孙子回海原刘湾。她孙子，趁我不注意就想动我的草帽，他奶奶不时地干涉。

　　我和这娃的奶奶款闲，她说，我娘家在会宁的刘寨，那时候我们家住的红土崖窑，锅头和炕连在一起。土一冒地摇了，窑塌的还算不多，只塌了前半截，上面还有一个豁豁，打在窑里的大汉从豁豁爬出来，一看咋找不着我父亲了？大汉又爬进塌窑去找我父亲，我父亲被打进炕洞，掏出来一看背子烧焦了，以为人烧亡了，就仰板放在雪地等着埋。到半夜会，咋听到有人哇哇地号呢，大汉跑过去一看，我父亲叫雪给拔活了……到老背子上烧下的肉揪揪都没有展开。

一切都是安排好的。我在种田沟下车打听张家后代，打听的这个人正好是张家后代，遗憾的是他听得家里的以往，就是说不上一二三。他思考了半天，还是说不上，我辞谢离开。

我到街道中心，有两个老汉和一个老奶奶拉闲，我过去蹲到戴礼帽又戴墨镜的这个老者身边。我故意挤得密了一点，他很轻微地挪了一下身子，以示防备。言下之意，便是这个外来的客人有些鲁莽。我的身子也往开里挪了挪。他们三人见我来，嘴都闭住了。我东问问西问问，他们推推让让、阴阴阳阳地回答，我粘住他们拉着不停。说到猴年地摇的事，靠近我的老汉，满把手抹了把眉毛胡子，用下巴指着南山、北山、堡子山说开了。

他叫殷奉堂，72岁，会宁人，地震后迁到种田沟的。他说，听说张家住在北山，那一夜把30多口人打坏了，掏着出来用麦草苫了满满一场。你看那北山摇得华着呢，山赶山的坡赶坡。张家他们有个老三，在外面抹牌，地摇了急着回家，回来了没回来不知道，那么大的地震，失踪个人就连捡个土圪塔一样，再没有比这简单的。当时有人寻过这个老汉还是个没寻着。人们推测，老汉灌了扁夹缝。过了好多天，张家老三回来了，一看家里打坏的人被掏到麦场里睡着呢，有身孕的儿媳妇守在偏傍个哭干了眼，十个手指抹了帽，骨头白生生的。

粮食打到窑里，没有工具掏不出来。人没吃的，把老鼠仓（粮食）掏出来，用筛子端到涝坝用水漂，老鼠屎轻，用手捧掉，就生吃筛子里剩下的老鼠仓。摇了三年时间，啥吃的都没了，种田沟的人跑光了。张家三老汉把儿媳妇就嫁给海原刘家，三老汉和个三岁的孙子也跟着去了刘家。民国十八年（1929年）我们从会宁逃难到种田沟，张家三老汉和孙子离开刘家也回到了种田沟。

我当娃娃时，张家三老汉给我们说过他家的事。还给我们说过，堡子山底下住着两家做生意的河南人，地摇活埋了。一家李家，三口人，一家姓啥老汉说了我记不起了。后来有人拾掇地方，挖出了李家三口人，老两口和一个女儿，女儿手上还戴着金子的手箍，还挖出了些麻钱。拾掇地方的人把李家三口的骨殖和东西一起安葬了。另一家至今没有挖出来。南山底下有人拾掇地方挖出了个铁匠铺，挖出了砧子、锤子和马掌。还有挖出火窑的，锅头好好的，风匣疤（nié，杌）了。

我在堡子山下拾掇地方时，张家老汉说这个地摊原来有个挡门，拴着个黄狗。后来果然挖出了一个门扇的转窝子，一条狗铁绳，一个狗头。

听张家老汉说，那上头牛家拐子，有个大窑，窑两面拴的牲口，窑中间码的驮子，窑里头是做买卖、摇碗子的摊场，窑前头唱的是牛皮灯影子。地摇了全关在里面。当年没挖，来年二月间，牛家拐的人吆的牛耙耙出来才埋了。

我们拉着拉着，拉到了他家地震时的情景。

他说，我有三个爷爷，大爷分工做庄稼，二爷和我爷爷分工做生意。我二爷和我爷爷一人赶两头骡子，在杨郎烧锅驮了四驮烧酒，从固原回会宁。弟兄两个，天亮出店，天黑进店，一路还算平顺。我爷爷排行老三，一路上要尊着我二爷。这一夜，住到车马大店，我二爷使了个当哥的势，倚大卖大，忙忙上去扣（跪趴）到炕上，喊我爷爷抱猴娃子去，抱着来咱喝。猴娃子是个啥东西呢？是一种皮子缝的酒壶，能装 5 斤散酒，可随身携带。我爷爷一个手捏了七个银圆，一个手抱的猴娃子进来，脱了麻鞋的一只脚踏到炕上，没脱麻鞋的一只脚立在地上，就这么个姿势，地摇了么。我爷爷惊着出去，抱住院里的一棵柳树，摇摇摆摆，手里的银圆也没了，怀里的猴娃子也没了，我爷爷一看，我二爷咋趴在院里颠得跳着呢？

地摇稍一停，我爷爷他们的四头骡子打坏了一对，还剩了一双，弟兄两个一人骑了一头连夜动身往会宁城里跑。天亮路过马营，见马营的人打场，才知道这里摇得不那么劲大。早上缓干粮的空子里，弟兄俩回到家里，屋里的人正给他们送旋门纸呢，说地摇这么劲大，怕打坏到路上了。

殷奉堂先生说，他家的损失是粮食埋到窑里了，十几头牛打没了，200 多羊打没了，人没打坏一口。

2016.6.8

司机朋友

到了中午饭口，我请殷奉堂先生下馆子。他推辞不去，我说吃个便饭，他说到他家门上了他请我。我们谦让着进了一家饭馆，里面有便饭、有卤肉。我从包里掏出酒鳖子，我说咱也有猴娃子，要一盘卤肉喝上二两。他坚决不要。他说，天气大了，肉吃上，酒喝上，害人呢。老人有言，酒毁的君子，水断的路。咱还是吃他家的浆水凉粉。

我走过种田沟当年灾民洗涮老鼠屎的涝坝，走向树台。从甲地到乙地，20公里，每小时5公里，共得几小时？

偏晌，我在太阳暴晒的路上，沉吟着这道题，没有得出答案。

种田沟到树台，一路向下，路开在南山脚下。南山到北山之间的狭长川道，是长满小麦和胡麻的档子田。这是这些日子以来，见到的连片庄稼。

路上行人稀少，碰到一个骑自行车的妇女，风风火火地向种田沟方向猛蹬，辖辘碾过水泥的路面，留下嘶的响声。捎货架绑着镰刀和绳子。

在这道谷地约摸走了一半，一台拖拉机沿着一条新路，爬上北面山梁。

头顶的天空出现一团乌云，活像一把大伞，遮在我的上空。凉爽伴着脚步，快起快落。

去种田沟那个妇女，骑车返回。镰刀在捎货架上磕得叭叭叭响，她回首看了我一眼，留下一股风声过了。自行车在下坡的路上，不用给力，全凭惯性，嗖地远去了。

看看头顶的云，已生得大了，目极处皆是乌云翻滚下的高山和低地。

那妇女在山风撼动麦浪的地方，把车子推下路渠，车子靠在路渠，人进了玉米地。

云低下，风暂停，一切都知道要下雨了。

风中闻到了雨腥。

我扯住草帽系子，不敢放慢脚步。若是雷阵雨——就是那种瓢泼的大雨，一旦降临，就得找个避雨地方，关键我还背着电脑。我搜寻那种能避雨的崖窝窝，或者残缺的塌窑，或者……此刻，都是裸露的山体，看不到人家，看不到羊圈……看不到避雨的地方。

已经感觉到雨就要落下。那个妇女背着一捆青草从玉米地出来，镰刀夹在胳臂弯里。

等我走到她跟前，她把草捆已经捆到捎货架上，单肩拉着绳子、双手压把，驮着草捆的自行车被她推到路上，她一抬腿，从大梁边过去，踏动脚踏，给我留下一句话，前面拐弯是小洪水庄子，我家是第一家，雨大走不成的话就来避雨，没有狗。

水泥路面麻了，雨点啪啦啦落下。

我抽出塑料雨衣，遮好背包，旅行草帽遮阳透风不隔雨水，雨水已顺着脸颊流向下巴。

起水的路面，浸透了鞋子，双脚吧唧吧唧在鞋窝里打滑。快到小洪水庄子，迎面驶来一辆面包车，碾得水花四溅。我们相遇时，司机减速，并鸣号向我致意。这是我第二次遇到司机朋友的致礼，虽然泡在雨地里，但很开心。

风不作声，雨吵翻了天，我闻到了泥的味道。

接近小洪水庄子，身后有车慢慢跟上来，超过去停到我的前方。司机展出头喊道，朋友上车吧。雨点砸在车顶的声音比砸在路面的声音更喧嚣。

我坐进车里，我认出他就是鸣号过去的那个司机，现在又折回来。他说他把东西落在树台，回去拿，顺脚把我带到街上。

坐到车上我知道了，司机的家在种田沟，他回来看老人。他在银川搞装潢工程。

雨落得猛，他调快雨刷，雨刷过来玻璃透亮，雨刷过去玻璃模糊。

到树台街丁字路口，他这里有公交车站点，让我下了车，坐不上公交车投宿离旅社也近点。我谢过他让他赶快去拿东西，他笑着说没啥拿的，就是担心雨地里把我灌了扁夹缝。小洪水那地方有一道地穴，海原大地震摇开的，洪水在那里也就断流了，雨天灌进过人和牲畜。司机开车走了，我忘了问人家的姓名！

我又到赵家招待所门前，有车了坐车，没车了住店。对面保家饭馆，昨天我看见他家煮牛肉，今天又煮牛肉。恐怕是生意兴隆呢。

我这么想着，几个等车的人过来蹲到招待所门前。刚刚缓过行雨的疲劳，我还没有想拉闲的意思，倒是他们和我开始拉闲了。

甲说：段家小川子，有个老汉和两个女儿、一个儿子在窑里收拾睡觉呢，地摇了，老汉抱上儿子出来放到碾盘上，回身一看窑没了，俩女儿捂在窑里了。

乙说：刘家井干沟湾，两个窑里唱牛皮灯影子，全捂了。

丙说：车路沟保家，打坏了近百人。

丁说：小川子吴家打绝了，挖出炕和炕灰，还挖出了一个大铜钟。钟文记载，小川子吴家之前住的是何家、赵家两姓人……

四点二十三分，过雨又来了，雷声霹得嗑嚓嚓的。

我们在廊檐下，站了看雨。

虎西山先生打电话询问田野调查状况，又得一番鼓励。他的话总能让我吃上劲。

留在门前的一个纸杯，倒在地上随风划着圆圈。风大一点，能划一个圆圈，风小一点，能划半个圆圈，风忽大忽小，它忽划忽停……

2016.6.8

搭 救

南门，我遇到曹冚的何志成、王惠两位老兄。他们对背着包，拿着手鞭，快步通过红绿灯，走向坐在天源宾馆门台上拉闲的我，大觉惊奇。

我说我看到了两个大人物。

他俩忽地站起来，叫出了我的名字。他们和认识我的家乡人一样都询问我这般样子在做什么，王惠兄开玩笑说，总不是兄弟日子过不去，当叫花子吧……我说找老哥讨口饭吃。你讨的是文化饭，我做不起呀！一阵说笑，我如实陈述调查海原大地震的口头传说，何志成先生开口讲述了他家地摇的事。我父亲说，十一月初七的白天，我们家宰了两口猪，请全庄的人吃槽头。庄里人都吃了，就剩几个没有回来的羊把式。等到晚上，羊把式回来，娃娃已经睡了，大人还等着啃骨头。灶上的给放羊的下血面，烟洞里走不出去烟了。都说恐怕是烟洞眼狗窝子灰满了，塞住灶不利了，找家具掏狗窝子呢地摇了，十多口的大家庭，剩了三口活人。

王惠先生根子上是海原北城人。曹冚是他家的坐山庄。他们搬到曹屲是地摇后的事。他们祖业不错，拥有海城一角，他们家破败主要是大烟惹的祸。

王惠先生的父亲，那是海原的好汉。仅举一例可知。某年，土匪绑定了曹屲一家掌柜，用酷刑逼迫掌柜交出银子。这掌柜是土匪输了眼，白天踩点没有认准人，把有钱的掌柜没抓住，抓住了没钱的伙计。土匪用烧红的铁锨板子，烙得伙计油肉起焰，死去活来，就是交不出银子。王惠先生的父亲刚烈，容不下土匪的嚣张，跨上坐骑，背上长枪，手握一颗手榴弹，冲到土匪用刑的院子，隔墙撂进手榴弹，呼地爆炸了，惊散了土匪，搭救了伙计一命。

2016.6.10

地球把把子

关庄。

一路走来，旧梯田，新梯田，时代烙印明显，但"农田精神"贯穿始终。在高岘看到现代农业和原始农业的区别，看到了闽宁合作的试验田。尽管遭遇春夏连寒的恶气候，还是阻拦不住禾苗由低往高生长的蓬勃趋势。

当代关庄人主体来自甘肃通渭和秦安，对于土地的理解非常精细。海绵田这个词曾为新中国新农业的样板大寨而冠，事实海绵田的本质很早就属通渭和秦安，关庄人传承了以往精细耕作的农田精神。

关庄是海原县海拔最高的一个乡镇。下午五点多钟，我下车到关庄乡政府，南北过街仍是那条大道，路面却更换为柏油。35年前我来过，乡所在地没变，街道上的建筑，连同过街面目全非。最大区别是零售业网点多了、饭馆多了，有两家家庭式旅馆。

有几个盯着我的老人，手里提着折叠板凳，他们察生的眼神，我老远就能感觉到。他们在看到我之前，已动身要离开他们的娱乐之地。

我背着包包，后背手鞭，走向他们。

很接近了，有几个老汉背手提凳走了。他们共同给我塑造了一个锄禾老农的背影。那背影是一辈子耕作农田的塑形，恐怕走进坟墓也改变不了修身。

接着又走了几个这样体型的老汉，他们苍老的姿势，是农耕路线的风姿。

一个陌生的人来到一个陌生的地方，大家如果突然都离开，这对于一个村庄的声誉是不利的。除非恶人、敌人、豺狼虎豹来了。否则不能离开，总得有人留下来，看看陌生人来此地的目的、需求，或许还有什么商机等。

其中两个老汉站在原地没走，我们的目光触及即断离，闪闪烁烁打量着对方。

我到他们面前，看了他，又看了他。他俩的目光错前错后看了一眼我背在身后的如意手鞭，对我有所提防，板凳半撤于身后。我立即像拐杖一样拄上手鞭，身体略倾，重心卸在手鞭的支点，他俩的眼神与板凳归位。

我们互致问候，我们开始拉闲。话题扯到1920年海原大地震，他俩一个给我一把凳子，一个在小卖部给我买了一瓶饮料。我接着提说地震，他俩均言，听是听别人说过，可他们的家人是地震后民国十八年逃难来到关庄的，知道有这么个大灾难，具体传说真不晓得。

我去街南民乐旅社投宿，路过一个东入的巷口，看见一老者，拄着拐杖走向坡坡的一座家院。我拐进巷口，紧走几步，在老人没有走进场院前，还没踏上新打的水泥地面，我追上了老人。老人的儿媳从房侧出来，走到水泥地面，问我找谁家，我说我想找老人拉闲。她问清我的身份和目的，判断我不是药贩子、当客子，她允许我和老人进屋拉闲。

王健林，83岁，老家秦安。他说，我父亲是个毡匠，给别人家擀毡时地摇了，慌慌张张往家里赶，经过的庄子，一家一家地打完了，路上没有见到人，见到的都是打散的牲口。

回到家里，奶奶抱着一个橼趴在院里，被折磨得没有个人样子。

还好，家里就奶奶受伤了。

能吃的粮食全打到土里了，冬麦地随着山走的走，没走的摇成了土包。家里没吃的，地里没长的，心里没想的，我父亲就领着一家老小，边走边从塌散的人家里找吃的，到西吉已是开春了，就搭了个地窝子，剥着吃树皮。在西吉刚住好，土匪起势了，社会混乱，人心惶惶。我父亲打听到海原土地宽广，我们就来到关庄安了家。

老人点了一支烟，重重地吸了一口，憋气数秒，换气一口，吸入的烟去了哪里？没有从鼻孔排出。

躺在旅馆的床上，电褥子热乎乎的，我的内心也感觉到了温暖，街上的广场舞曲渐渐朦胧。我回想1982年，我到关庄乡做人口普查指导员，那过程若隐若现，能清楚记得的就是遇到了一个烧窑师傅。他姓啥叫啥当时没有询问，但他说给我的那段对地球与人类思考的话，深深地活在我的心里。

我在《六盘山》文学杂志，做过几天编辑。就在这一时期，我与左侧统、虎西山等文朋诗友，构想建起"西海固文学"大军，做了一期同题散文——"我与西海固"，我把烧窑师傅那段话写进——《远眺西海固战争》，新疆军旅作家周涛先生完整引用后，贵州初中教材、湖北鄂版初中教材、北京某中学高中试卷，从周涛先生作品的引用中择录，备为课外阅读作品和试题，《读者》杂志也从周涛作品引用中选刊了这段话。可见这段话的影响力。

烧窑师傅那段随我走出关庄的神圣文字是这样得来的——

那天将近中午，我跟公社刘秘书来到砖瓦窑，烧窑师傅蹲在工坊门拐，正晒太阳。他见我们走向他，未言先笑，待我们到跟前，他笑着说，一没买下麻糖，二没买下点心，空手来看我？刘秘书笑着，我不好意思地看着。烧窑师傅说，没拿就没拿；咋你俩蹲下，曹家一起款闲。刘秘书开玩笑说，你不上窑观火色，却在窑下晒暖暖，专等我们丢干着不成？他翻着烟熏的两个眼窝，不紧不慢地说，你咋是曹家乡上的刘秘书曹家认得，这个同志哪里来的？我忙回应，我是海城来的。烧窑师傅舔下嘴唇，听你这么说，你咋是走州过县的人，天下事没有你不知道的吧？同志，你晓得不？曹家关庄人谣讲着哩，说是美苏争霸，地球把把快磨断了。我大惊。他看着我说，不要害怕，说是美国专家测出来的，苏联专家正拿电焊机焊着哩。说是焊住，曹家就不迁唠，焊不住，曹家就得迁哈。师傅埋下头，双手扶住膝盖，看着双腿的中间。我正听得有味，他扎住包袱闭口不言。我急急问，迁到哪里去呢？咋人家都说迁到日本去哩。日本人人鬼大，尿下的尿都是颗颗。

我当时软到了地上。

日本人的尿怎么会是颗颗呢？我问。

装到袋袋里给中国卖着哩……这我才辨来，他说的是日本尿素。真是个有智慧的人。

我问老人家，曹家啥意思，他说曹家是陇方言。当年曹操刘备争陇时，当地百姓要选择君主哩，见面先要问清你是谁家的人。如果是曹操的人就说曹家人，曹家这个词就这么来的。现在的曹家，指的是我，没有分庭抗礼那一层了。

到了夜半，我比夜还清醒。

我轻轻拉开屋门，这么迷人的夜色，好多年好多年没有目睹了，我抬头，我看到了明苍苍的银河。我站在客舍院子，仰面期待一颗流星划过头顶，我坚持等待了很长时间，愿望出现了。

年幼铺着雨毡躺在屋顶，总能看到夏夜的天空划过无数个流星。

我爬出店家后院的土坎，在林木稀疏的地上，折下三根蒿棍，掐到长短一致，搓出纤维，点燃插在地上，怀念烧窑师傅。昆虫的低吟似水如潮。

卜罗泉一个两姓命名的地方，历史上怎么回事，我没有打听。走到涝塘村，公路边遇到一古稀之人，杠杠地和我相遇，搭言施礼，言事入题。他叫张存信，旧社会跑土匪随老人由兴仁王团逃到关庄。他说，海原大地震有一百年了吧？我母亲说过，地摇那一年，我母亲刘家七八口人，打得就剩我母亲一个娃娃了，没人拉扯，范家抓养了一年，卖给张家当了童养媳。我母亲说起这些，就哭成泪人了，如果是泥捏的，那就哭塌了。

我一眼就认出你是个生人，这么早赶路，馍馍吃了么着，早茶喝了么着？存信兄问我。

多谢张大哥，我吃过了，也喝过了。

这么着，你上路吧。

精神可以互助。握住存信兄的手，我感到他的手活像坚硬的泥巴。

关庄是一块山地能长草、耕地能长庄稼的地方。我没有看见一寸撂荒的耕地或者荒漠化的土地。生态良好，野鸡从公路这边飞到公路那边，没有惊恐。民风淳朴，路边的窖口不上锁，扣着一只带绳的水桶，告诉路人这水窖也是你的。心地善良，看门狗都上了铁绳，限定狗的专属区。

2016.6.12

常家肉娃娃

红井，这一道川茂盛的小麦，使我立即感到，这里是一块不同别处的土壤。呈现出春种一粒粟，秋收万颗子的情景。

通过打听，红井土地的耕种权、下种权，握在自己手中，自己的饭碗也就牢牢端在自己的手中。

在红井村，我先访到一个80多岁的老人，她正给舍养的几只兔子喂草，我问她地震的传说，她说她听不清。旁边的妇女对我说，她婆婆还有个婆婆过百岁了，经历过民国九年（1920年）海原大地震，生活还能自理。我惊奇，总算碰见了一个地震老人。我请她带我拜见她婆婆的婆婆，她说那个老婆婆去了海城。

我又访到个老汉，70多岁，他不愿把姓名告诉我。但他没拒绝讲述他所知道的地震传闻。他说，我小年时，有个娃娃都叫的白家爸，我们娃娃伙么，经常听白家爸说地摇的传说呢，就像听古今的一样。

他指着他家西面沟沿及一座古堡说，那里就是白家爸经常说的地摇了的地方。

我们娃娃听白家爸说，地摇时红井人住在那条碱河的两边崖窑，门门相对，河这面的人出气，河那面的人都能听到。白家爸他们当年是红井川的大户，住在堡洼里。地摇的一时三刻，场里的碌子咕噜噜滚过来，咕噜噜滚过去，黑风土雾拉严了红井川，碱河两边的崖窑齐刷刷塌了。窑深的捂住了前半截，窑浅的坐实了。河道崖窑里的人全部打绝，堡洼白家打着就留了个碎仔娃娃，叫白占奎，给别人过羊度灾，成人后招了女婿，去了浪塘水。白占奎就是我们叫的那个白家爸。

浪塘水这个地名在我这次走访期间，已被提说多次。前几天常海亮和他媳妇在班车上说的，刚才这老汉又说。我在红井村转了一会儿，没有访到拉闲的人，我打听由红井去浪塘水的路径，三个人给我说的方向相投，终点相投，可供选择的路径有三，每径里数不同。有的里数近，有的里数远。我记得问路的时候，路人说过的一句话，山里的路都是通的，没有死路、绝路。因此，去浪塘水的路都是活路。

我采纳了一条路径——沿枯涸河道，上一陡坡，经大西沟庄，右折转过山嘴巴子，到浪塘水。

早晨十点刚过，我走进红井河流域朝西南去的河道，正在判断走得对与否，一辆摩托拖着淡淡的烟尘，啪嗒嗒地由河道上游驶来。自他发现我就开始减速，与我将要擦肩时，他双脚一撑，摩托停住了。我们互相打过招呼，我问他去大西沟的路对不对，他说了前面人说的路线，好像前面人又对我重复了一遍。他问清我的身份，一听我不是做买卖的他对我不感兴趣，脚尖一点，摩托起步了，他说，若干年前这是一条有水的大道……后面的话被他的摩托捎走了。

过去的大路都是沿河道行进，河道既是水道，也是人车马道。

这条道，河水断流了，洪水冲刷的痕迹历历在目。我走着走着有些心慌，如果上山里发了洪水冲下来，我能逃脱吗？于是，我加快步伐，赶在发雷雨之前，走出枯河道。汗水浸透了我的衣服，我闻到我汗味的瞬间，我闻到了一股带着羊粪味的空气。我判断前面有羊群。我对前面的羊群有没有跟羊狗担心起来。

我抽出穿在背包上的手鞭，做好预防。紧走30米，拐过一个弯弯，我看见了羊群。一个戴凉帽的羊把式，背着放羊鞭，跟在羊群后勾头而行。清楚地看到，他没带跟羊狗，如带狗就尾随其后，或者已经叫起来了。特别是山里的跟羊狗，察生，凶狠。

我压住嗓门哎了一声，怕惊吓了羊把式。

羊把式打了一声口哨，他没回头，话却隔住胖头撂了过来，早就听着了，客人走哪里去呢？

啊，你的耳朵这么灵啊！我惊叹道。

他略微一等，我们比肩而行了。

羊群躁起的尘土，裹挟着羊粪味进入鼻息，此味陌生有年。我十五六岁时，也赶过生产队的羊群，领过跟羊狗。

他问我去哪个地方，我说去浪塘水。羊把式又重复了前面摩托车和再前面那个人给我指的路径。他说，他到大西沟饮羊，让我和他一起走就是了。

大西沟有水？

有眼泉，水很小。听人说以前水大，海原大地震水走了。

他说到海原大地震啦……我们之间的话没有过渡，话题轻易就扯到了我寻访的主题。

他说，那一年，我听一个姓张的推土机手，给我说过一件事。也就是十多年前，他在相桐川推土打坝，推开了一个地震摇塌的窑洞，往里一看，把他一卦（口头语）惊死了，半截子窑洞里躺着一个大人两个娃娃，光溜溜的。张师傅说，他嗓子都哑了，慢慢地推去捂在窑门上的黄土，招呼来人，他们钻进阴湿的窑洞，到前一看，一个爷爷躺在正当间，一面胳膊上搂着一个孙子，爷孙三人就像睡着的一样。看那样子当时捂在窑里，空气通着哩，可能还有啥吃哩，东西吃完了没救了。老汉不知道怎么安顿着两个孙子连他一搭里清净地亡了。人连睡着了一模一样，皮肤好好的，用手指头压一下，肉皮子还动弹呢。这是张师傅亲眼看到的，不然别人谁说我都不信。

这一卦也把我惊着了！

我俩继而拉闲，我早就知道他的搞干（工作），他才知道我的搞干。我知道他姓王，他知道我姓王，我俩就像弟兄一样亲近了。

说说话话，到了大西沟沟垴，王家羊把式要在这里饮羊。泉水汩汩地很小，周边长了圈白碱。他用羊铲堵住水口的小豁豁，把水聚起来。羊热得不往阳洼去，躲到阴洼坎下扎凉。

我们分手，我爬上大西沟这道陡坡，我回身俯瞰王家羊把式时，他和羊等待着那泉苦水。他给我招招手，我给他招招手，他鼓励我说，浪塘水不远了，赶晌午就能到。为了不走岔路，到沟上头再问人。

　　我上到沟垴畔上，我向沟底的王家羊把式挥动帽子，苦水泉边站着的他很小，羊群也很小。封山禁牧，王家羊把式不敢闯禁区，赶着羊奔波数十里，到撂荒的地里游牧，也是辛苦人一个。

　　我走过大西沟庄，人搬走了，庄子空了。

　　路边的水窖，与关庄看见的一样，窖口没有上锁，井台扣着一个带绳的水桶。窖旁边还留有一个錾有莲花的饮牲口的石槽。水桶是塑料的，颜色退去。

　　已是晌午，我的影子缩到我的脚前乘凉。

　　我放下背包，走到窖台，拉严马甲袋口拉链，揭开水窖木盖，多半窖天爷水，平静、透彻，像镜子一样照出我的汗迹斑斑。

　　窖口呼出的凉气扑进我的热怀。

　　如果形容一下此刻的我，那便是冒过火的烟囱、糠得吐糟的空心萝卜。

　　我拽着绳子溜下水桶，触到水面，我的影子碎成圈纹。水桶吃了半桶水，我提上来。我把水桶放在窖台，掩出一点点水，洗了一把手；再掩出一点点水，呛了鼻子；再掩出一点点水，漱了口；再掩出一点点水，洗了把脸。我搬斜水桶，噙住桶沿，吸了一点点水，润润口腔、润润咽喉，再拉开口袋拉链，掏出两瓣蒜，带皮塞进嘴里咀嚼，拉好口袋拉链，搬倒桶就着蒜一直喝好，从嗓门到腹腔，凉通一路，拔凉的窖水填满了糠出的空隙。

　　我把桶里剩下的水，倒进石槽，关顾飞禽。关好窖口，扣好桶子，向水窖鞠了一躬。我哑着甜甜的口液，抬起头时，天空的云往厚里堆积。

我忙忙背好行李，一伙山雀抱住翅膀飞进石槽……我担心我会走到雨地里。

一只杂色狼狗，撅着铁绳向我发狂，团起一堆尘埃。

这里还有一家没有搬走的人。

那狗对着我叫，又对着一辆摩托叫。摩托从我左边冒出来，前轮子超过我时停住了。摩托客问我，是旅游的吗？

不是的。我想这个人有见识。

我看你老人家像个背包客。他还能使用这么潮的词。

我是走访海原地震传说的白头老汉。

啊哦……

浪塘水怎么走？我矫正方向。

前面那个山咀咀有个小路，是一条捷路，翻过那个红崾岘，就看见庄子了。

摩托啪嗒嗒走了，狗一直狂咬未停。

我离开大路，离开前面所有人说的大路，拐向摩托主儿说的红崾岘。由于狗不停地叫汗不停地出，忘了问山里有没有野狗出没。走过一道200多米的洪漫堤坝，踏上人力车碾出的一道旧辙。两山夹一沟，旧路贴着沟的一面崖边，陡陡地通向红崾岘。车辙覆在齐腰深的野草下面，几乎看不出路况，凭着野草生长的样子，摸索踩到路面，特别难走。走了半截，又担心草里有长虫，便离开车辙，走出旧路，走上羊肠小道。

身上的汗水一遍一遍地透出衣服，湿了干了地反复。沿着一面山坡，跨了几十台羊肠小道，盘上与红嵝岘等高的大致水平，下一个时段即可平行走向红嵝岘。然而，这一口气的几十盘羊肠小道，摧毁了我的呼吸。我驻足缓气，顺便望了一眼大西沟，空庄仍在眼前。我此刻感觉这不是捷路，我可能上当了。

猛然间心怦怦地狂跳，感觉往肋巴外面蹦，胸腔突闷，我赶紧从马甲胸兜掏出速效救心丸，咽了六粒，含了六粒，迎风敞怀，出了 30 口长气，胸闷过去了。

我翻过红嵝岘，我观察有没有野狗群出来。我既没看到狗群，也没看到浪塘水，也看不到大西沟，我感觉窖到山里了。车辙两边的庄稼地没有庄稼，漫坡梯田长满茂盛的野草。看眼前的状况，这里的土地可能是退耕还牧了。

越走越热、越累，甚至产生了恐惧。我诅咒自己的没主意，这不是一条捷路，这是一条弯路不说，更是一条孤路。

下山的路更陡、更窄、更曲折，直接在一道淌山水的沟套里行走。

正午。沟壑。无风。闷熵。汗流浃背。湿透裤腰。流入后沟。胸憋气慌。呼吸艰难。内心恐惧……

我站在地埂，再次服了 12 粒速效救心丸，顺了 30 口气，掏出酒鳖子小酌一口，身体内外似乎凉热均匀。

左旋右旋，猛然看到一户人家，彩旗飘飘。我悬着的心落地了。突然停住脚步又想，是不是进入魔幻世界？

院子里停着四五辆小车，一辆路虎开出院子，颠簸过一段冒土的路，往右一转，跑到水泥路面上了。我相信我没有踏入魔幻世界。

庄子里葱花炝浆水的味道太鲜啦，闻到这个喷香的味道，我一下子又糠又饿。我张开鼻孔，向浆水最鲜的家门运动。我来到香喷喷的一家门前，对着院门喊，掌柜的，挡狗来，……他们家人还没有出来呢，我已经站到伙房门口了。我站到伙房门口，伙房里一前一后出来婆媳二人，我准备开口要一碗浆水喝，再要一碗浆水面吃，婆婆身后的媳妇子搭腔了……常海亮的媳妇突然一眼认出了我，忙忙给她婆婆介绍说，这个老汉就是我和海亮在班车上认识的那个王老汉。

娘儿俩热情地把我让进屋里，我放下背包，衣服上的汗拧出了水。常海亮媳妇问我从哪里过来，我说从红井到大西沟，翻山过来的。

哦，怪不知道你出了那么多汗，你从拉粮食的沟里下来的，这么热的天熘死了。海亮媳妇说。你咋不沿大路走？

一个骑摩托的人给我指了这条捷路。

唉，顺大路过来 3 里就到了，从拉粮食的路上过来 6 里也不得到。

咋赶紧坐下吃饭。她婆婆让我。

刚刚下好的浆水面凉在饭桌上，我连推辞都没推辞，坐到饭桌前，端起就吃。哎呀真格香得很！连吃带喝，一碗浆水面几口灌了下去，还想再要一碗，又想人家还没吃呢。我反过来又让人家，你们赶紧吃，我吃好啦。婆婆说，咋你老人家不要嫌弃了，案板上擀好的面条还没下完，还有这么多呢，你往饱里吃。

我踏实地又搛了一碗。

我问海亮去了哪里，婆婆说捎的他爸爸去树台扎干针去了，快回来了。

我沏好茶，摩托响着进了院子，常海亮父子回来了。我和海亮父亲拉了几句闲，他说他心里魄烦得很，大夫说他颈椎出了问题。他问我，你老人家会看病么？把我这个怪病挹掫（yìwá，做）一下。我说，那一套我不会。医生说你颈椎有问题，你就找医生治疗不要乱挹掫。其实，依我看，你是没有毛病硬找毛病，这才是你真正的毛病。

然后，海亮带我去找他的爷爷。

常海亮爷爷常进范，72 岁，身体多病，脑筋还好。他说话的口气举重若轻，世上好像没有啥大不了的事情。

40 年前，井沟批了一所二年制小学，他任这所学校民办老师。教室设在一孔圈过牛的窑里，20 个娃娃闻着牛粪味念……b p m f……他一边教课，一边打胡坌，一边箍窑，他的事迹登上了《宁夏日报》。后来相继到红井、刘河任民办老师，最后回到生产队当了社员。他现在拿一点补贴。

闲言过后，他说，听庄里的老人说，地摇前地下发出异常的响声，就像拉着空磨转圈圈。黄鼠、蛇，这些冬眠的动物，都出洞了。唯人笨，没辨来。地摇时地面翻了几翻，哪喱喱摇，噔嘚嘚摇，人摇着跌倒、摇着起来，人的心像甩出来的一样，连吐带呕。听说会宁一家掎到窑里了，三天后外面的人还听到驴在推磨，娃娃在里面叫唤。镢头捂到窑里，那时也没有个铁锨，木锨挖折，手都刨坏，就那么听着娃娃的哭声断了，磨声哑了。

地震后，我父亲为躲国民党抓兵，挑着掩掩（指有遮盖或遮蔽的筐子），担着娃娃，从通渭逃到浪塘水。家里穷得很。亏得我父亲是个能人，做的泥缸装粮食，做的树皮罐罐装米、装面。我家娃娃多，姊妹十个，买不起碗，锅头上挖了一行泥窝，用石膏搪得光光的，是我们的碗，我们娃娃一个挨一个趴在锅头上吃饭。那一年冬天，下了一场雪，皮影戏班来浪塘水耍线子（演出），我们弟兄没衣穿，几个互相用麦草缠成衣裳……在脖子上缠个围脖、在身上缠个袄袄、在腿上缠个裤子、在脚上缠个窝窝……几个麦草人去看牛皮灯影子，在雪地里脚跟脚地踩出一串雪窝。庄里人踩着常家娃娃的脚窝，走到观影的窑里，说给常家肉娃娃让出暖和的地方，不要挨冻了。常家肉娃娃是庄里人对我们亲热的称呼。那时太穷了，穿不起衣裳。

但那时有日本的尿素袋子，做衣裳还有啥说的呢。常进范先生幽默地说。

我们说笑了一阵，我问起寇家老奶奶，先生说寇家欠常家的彩礼到现在没有给。先生的姐姐、海亮的姑奶奶给了寇家，寇家准备好送常家的彩礼，地摇埋在窑里，没有取出来。寇家说把人先娶到寇家，等那窑里的彩礼啥时候挖出来啥时候给常家。到现在也没人去挖。寇家、常家都知道那窑里就一个碌子、一个碾子。先生说，寇家老奶奶，就是我姐姐的婆婆。

寇家老奶奶叫雍桂芳，是个武艺人。旧社会浪塘水只有林家、寇家、白家、常家。一群土匪来抢，寇家老奶奶一个人舞动穗子（流星锤）给打垮了。别看老奶奶长一双裹了的小脚，那矫健的不得了，一脚踢得碌子转坨坨呢。林家老汉养的两只阉狗，一只黑的，一只黄的，凶猛得了不得。老奶奶那天从赌场出来，跑到草垛后解手，两只狗扑上来，老奶奶揪住狗头往一起怼，几下狗撞晕了，老奶奶丢下手，提起裤子又进了赌场。老奶奶耍赌从没输过，她先观察赌博风向，观察好后，只押一碗子，保证不输。凡是老奶奶在的场子，任何人不敢耍赖，挨打呢。

后晌时分，我离开了常家。浪塘水至树台镇15公里路，不通公交车。今天我不能再步行了，一上午的山路已够受了。我让常海亮给我叫了一辆私车，租费45元。我和司机在车上拉闲，他边开车边给我指地震遗迹，主要是滑坡、塌散的弧圈。

司机家住红井，在树台镇跑轿车营运，补公交短板，延长公交路线、经营时间。他说听爷爷说，姚沟地摇时有两家大户，一家子虑备春天盖房，收拾了一窑松椽，话实说呢树台少见。特别是这家老人的一副眼镜，能值几对牛钱。另一家子有财，夜里叫丫鬟藏了一牛儿皮胎金子，一牛儿皮胎银子。财东怕丫鬟漏风，半夜就打发丫鬟回去了。地摇那天晚上，这两家人加上伙计，一共30多人打绝了。松椽、眼镜、金银，那些东西全埋了。

地摇后，许多人都在这两家人的地摊子上搜寻财宝，至今没有一人挖出一件东西来。

2016.6.13

见到的都是泥人

海原城里，西门市场。

上午整理好笔记，下午到西门市场公交车站点，寻找范台班车，遇到大岘班车，我突然想起大岘的马万良老人，向司机打听这个线索，司机问我找这个老汉有啥事，我拃（zhà，张开拇指和食指揸量尺寸）长茎短地说了一番，他拍了一把方向盘说，汶川地震那一年，我爸、我妈和几个娃娃吃饭呢地震了，我妈拉着娃娃跑了，我爸没跑。事后我妈妈给我告了状，我去问我爸爸地震来了咋不跑呀，我爸爸给我说，猴年的十一月初七，你太爷一家四口子，正吃黑饭呢地动了，你太奶奶和娃们跑去了，崖面下来刚好打到底下，打坏了，你太爷爷没有跑，活着出来了。我爸爸说造下的跑不脱，我也就信了。

我爸爸听我太爷爷说，我太爷爷满山辽洼的找活人呢，人稀罕着见不到，见到的都是泥人，除了眼珠子动弹着呢，再分不清哪是皮肤哪是土。那一年山摇开了，黑水从摇开的缝子里涌呢。一个庄子活不下几个人。这个山头一个土人人，那个山头一个土人人，隔山架岭地看见了，就哭着号着喊着往一起撵，生怕错过。到跟前一个抱住一个就是个哭，一直哭得哭不动了才放脱。灾难面前，一切都是平等的。

这些年人都有钱了，有的后代在老人受难的地方，挖着寻呢。有一家子，挖着出来了一个老汉搂着一个娃娃，衣服好好的。

到发车的时候了，马师傅说，你想走大岘的话，我把你拉上，庄里还有个 90 岁的老奶奶呢，看给你说不了多少历史。

我十分感激。

刚要上车，接到马卫民师弟电话，他说我来海原这么长时间了，没有招呼到，今晚无论如何要到家里吃饭，老母亲做的浆水面。我已经爽约两次了，这次不能失了师弟的面子。

我向大岘马师傅道了歉。

2016.6.16

狗长了膀膀

我到南门市场里面去买茶叶，在门口看见一个卖馍馍的摊子，过去和卖主拉闲。他叫黎明忠，71岁，西安乡潘湾人。我奶奶说，他们以前住在相桐水担沟，地摇那一夜，我奶奶听到场里有响动，跑出去察看，场里的碌子碰得火星子冒呢。轰隆轰隆地天摇了、地动了，我奶奶回头一看，半个山抹了帽儿，我奶奶喂的那只狗，活像长了膀膀，扇着飞了，崖窑不见了。吓得我奶奶哭开了么，窑里还有八口人没出来呢。我奶奶喊我爷爷的名字，我爷爷没有答应，我奶奶喊家里人的名字，喊这个不答应，喊那个不答应，家里人的名字喊了一个遍，没有一个答应的。地面一阵阵摇开了，一阵阵合住了，一阵阵摇开了，一阵阵合住了，我奶奶小脚站不住，一个跟头栽倒，抱住了她喂的那只狗。狗在我奶奶的怀里吓得抖着哩，支支吾吾不敢离开。我奶奶摸着狗头，狗舔着我奶奶的眼泪，一个成了一个的势。

黎师傅说完，坐到摊子后面，嘴唇微动，双目微闭，静默。

2016.6.16

难民证

西门马路坡子，一个卖菜老板喊道："刚铲的，新鲜的，这个白菜圈湾的。"

圈湾关桥乡一个自然村。

我过去和卖菜老板拉闲，他说他不知道个啥，他父亲爱跟人逛闲。他说的逛闲，是拉闲的同义词，也与款闲同义。他说，我父亲的外父，也就是我的外爷，从高房子上摇下来摔坏了，……唉，我没记住，你问我父亲去，我父亲比我知道得多。他仰起头用下巴给我比画出找他父亲的路线。我父亲大名李德秀，你到城关一小往东门外头那一道坡坡打听去。

我沿着他嘴努的路线，在东门坡坡转到天黑，五月十三的月亮出来，也没有找到李德秀老人。

我走进一个出租房密布的大杂院里，里面坐了五六个男人玩手机。那么好的月亮没有打动他们。我进来他们也没什么反应。我真正出现在他们群伙，他们还是警惕地观察我。有人问我是干啥的，我说想找人款闲。他们睁着眼睛看我。我开门见山，话题直接切入海原大地震，略顿了片刻，接着就是七嘴八舌。

夏先生，他母亲的娘家在八斗坪套垴，他听母亲说，地震那一夜，套垴上演牛皮影娃子，我外婆和庄子上的人都坐在一个大窑里看牛皮影娃子，只听啊唥（héléng，沉闷的巨响）一声灯灭了。有人喊着对戏班子的头儿说，班长，灯里没油了，给灯里填些油。窑里的土呛得人气短地吸不进去呼不出来。看影娃子的人还不知道是地摇了。窑门上的人打坏了，窑垴活下的人才知道窑塌了，接着又啊唥一声，窑门震开了一个月牙缺门，活着的人赶紧往出爬。

我外婆的头刚好打在一个板凳腿子中间，没有打坏。那个板凳把我外婆救下了。

白先生，河南人。他听父亲说，海原大地震的威力大得无数，海原地震着呢，河南房梁上挂的馍馍笼子荡秋千着呢。你们还笑呢，这是真的。我们老先人在1932年日本鬼子进入中原，离开河南的。蒋介石想扒黄河淹死日本鬼子，在扒开之前，给河南人发了难民证，动员往西去。当时有难民证的坐火车不要钱，在火车站吃饭不要钱。我父亲带着家眷逃到西安，一打听，海原发生过一场大地震人都打绝了，民国十八年又发生了一场大旱灾，饿完的饿完，没饿完的都饿着跑了，人烟稀少，土地宽广，我父亲跟音逃到平凉，听到的海原还是这个话，一口气就逃到海原城的南庄。我们在海原做纸火生意，攒了不少银圆。我父亲想给河南老家写封家信，报个平安，那时候全庄没个写信的，在邮局门口花了两毛钱，请人代写了一封信。

你问大地震的事呢，我说不上。听南庄一些老人说，史店独嘴子到了后晌，能听到鬼唱戏呢。老人说那个窑里也是地摇时捂了一窑看牛皮灯影子的人。

李先生说，黑城子有个沟里，也捂了一窑看牛皮灯影子的，半后晌路过那个沟，有人听见过鬼唱戏的。

说到这里，没人说了，一个起来走了，接着都跟上走了。

一个耀眼的星星陪着还没圆的月亮偏过中天。夜晚呈现出美好的睡色。

我想着那种再也没有见过的大花狗，我认为白先生说的有道理。吐蕃时期，黑白花儿的狗，可能是藏獒的分布与变异。

2016.6.17

地面骰了

前面有个老人，戴一副茶镜，拄一根拐棍，一步一步地走。街道上的车快一点慢一点对他没有丝毫影响。从他的步态可以感受到他内心的安静。我微微加快步子，到他侧前方，半转身互致问候。我们同行，三言两语，就款到我的话题。他说，海原大地动时，我们老人还在河州，地震以后来到海原的。我家之前住在二道坡，离县城十几里路。我听地动活过来的老人说，那次地动大得很，地球的砝码斜了，那个平衡的点支不住了，斜着斜着斜到海原挑起来了，把地面骰（tòu，翻滚）了，黑水冒了，山走了，人收了。听老人们说，地动的时间崖窑坐下来捂坏的人多，捂坏的人比打坏的人多得多，还有动后饿坏的、冻坏的。活下的人少得很，往出救里面捂的人救不过来。有一个人听到窑里的驴叫唤呢，等把驴从捂住的窑里救出来，驴把自己身上的毛拔着吃得光光的了。这个驴咋没捂死呢？一看驴趴的地方嘴头子前面有个老鼠窟窿，驴的嘴头子搭在那里吸下那么一老鼠窟窿空气。

2016.6.18

坐在山头上看星星

　　没有想到，在南门遇到了家乡老人杨荣山，81岁。我以为他是进城跟集的，没想到是来敬老院自乐班献艺的。我问他还能唱动呢？他面带喜色说，还能砸下底锤。我一高兴，请他下馆子。他允诺。我们边款闲边找饭馆，说起地震的事，他说，我老家天水人，据老人说摇了一年，听起没有海原那么恐怖。1941年，我6岁随父亲逃难到海原，落脚咱们多罗堡，十几岁就学会了唱戏。冬闲，我就跟上我老人（杨班长）、你父亲王建华，还有伏成吉、刘启华、牛生华、武建章这些大把式，走村串乡，唱台戏，也唱牛皮灯影子。那一年冬上，在杨明上甘查唱罢夜场，我住的那家人有个老汉，和我拉闲说起地摇，那个老汉说，大摇就那么连住几阵子，沟里的山摇到了山头上，沟里的窑洞摇到了山头上。打坏的打坏了，没打坏的弄不明白，这咋了吵，这沟没了、窑没了，咋在山头上看星星着呢？黑风呜呜呜地刮着不断。人没地方去了，就在场里搭个草蓬蓬睡，唰呤一声又摇开了，人搭地穴里又灌了。总之啊，老天爷不让你活。那时人比现在人多，梁盖子上都是耕地。

人多是非多，老天爷唰呤一声差点把人收光了。地摇以后，人见人都成了世上的稀罕。

甘查即甘氏和查氏两姓人的家园，上、下为方位区别。甘、查或许是吐蕃人的姓氏。

2016.6.18

做人嘛咋能这么做

在民乐商城门口，一个水果小商贩拉了半车厢红梅杏叫卖。他的三轮电动车还未停稳，另外一个做生意的摊主过来让他挪开一点，不要堵在前面。小贩把车往前挪了挪。那个摊主顺便把先堵在摊子前的一辆电动摩托车提起，气呼呼地提到小贩三轮车前撅下。小贩提醒摊主把电动车的撑子打直。摊主背搭手走了，小贩过去把电动车的撑子打直扶稳。小贩说，做人嘛咋能这么做呢。

小贩是李俊堡人。我试着问，听过猴年大地震的传说吗？听过么，咋没听过咿！他对我说，我家住在深沟，又叫蒿内，老地名叫甘查口，就是李俊海子的周边。甘查口有座马儿山，地摇时一卦揪断了，簸到沟里，聚了一个海子，人们开始都叫蒿内海子，后来又叫李俊海子。从海子口走到海子垴要 5 公里多呢。我们姚家地摇前在红羊住，地摇后走散了，我们一家在蒿内扎根了。他对我笑了笑，告诉我他就知道这么多。

2016.6.18

黑堡沟

　　苋麻河水库已淤成撒台人的枸杞园。在枸杞园我遇到了撒良宝先生，63 岁，复员军人。我们从枸杞适应碱性土壤款到海原大地震，他笑了一下说，1920 年海原大地震我没经过呀。他先这么打个障智，然后叙来，我爷爷给我说，那一晚夕，我们家炖了几只鸽子，准备吃饭呢，腾地一声地摇了，我爷爷一个趔子惊到门外，身后一股冷风把我爷爷扇给了几丈远，我爷爷回过身子，一看天昏地暗，窑洞咋没了？地面还腾腾腾地晃着呢，晃得河道里黑风灌呢。等稍一安定，我爷爷清点家口，就活了他一个，16 口人捂到窑里再没出来一口。庄子上活下来的人就开始变工施救，你帮我，我帮你，才把捂坏的人埋完。

　　撒良宝看了一眼天空，背上农具，约我一起步行回他的庄子黑堡沟。黑堡沟庄外那些土窑窑，是 1958 年修筑苋麻河水库挖的民工窑，我父亲住过。我在土窑前看库区的流水线，像个草书的"耳"字，又像戏剧的水袖。

2016.6.19

寨子市

　　将近中午，我到了界（gài）牌村口，一棵树下站着几个人，一根檩条上坐着几个人。他们见我来停止了说笑。我问谁知道海原大地震的传说，有几个说不知道，有几个没说不知道。静的那个瞬间，是大家等待谁先开口的瞬间。

　　李百禄，60岁。抿嘴一笑开言道，听老人说，界牌河道对面湾里，是个驿站，和驿站相连的是个车马大店。我们家有马车，主要做甘盐池青盐生意，光阴好些，住的是土木结构的房子，地摇没有打坏人。河湾里阿訇爷爷住的是崖窑，几十口子打绝了，到现在还在窑里埋着呢。界牌水库打成后，那些窑洞都淤到泥里去了，想掏也掏不出来了。和他住在一起的一家子，捂在窑里的有一个人活着呢。他咋出来的呢？他在窑里能听到外面人说话，他就在里面敲打磨子报警。打一阵磨子，吃一阵酸菜，刨一阵洞。缸里的酸菜吃完，磨子打烂，洞刨开了，人出来了。外面的人看见他从洞里出来，都不相信他是活人，吓得就跑。这个人忙忙喊，我活着呢，不要把你吓坏了。

李百朝说，界牌河道里那时长满了大柳树，从黑堡沟一直长到寨子市，是一条自古就有的通西域的大道。

当河有一眼大黑泉，水旺得很，河道里的菜园子都是自流灌溉。泉水冬天温热，夏天清凉。冬天冒白气，夏天黑呜呜的。老人们用秤称过，泉水比河水重，究竟重多少老人们说了没记住。泉水重重在啥上了？重在微量元素上，说明泉水的微量元素非常丰富。

地摇时大黑泉的水冒了几十丈高，寨子市车马大店，住的是拉骆驼的人，有靖远商人有平凉商人，马车、骡马、驼队和人都没出来，哪里去了？到现在也不知道。

寨子市那道沟沿上住的人，几乎没有活着出来的。界牌地摇前有100多口人，地摇后剩了22口人。这22口人就像一家人一样生活在一起，互相搭救亡人。

界牌这里的古窑洞、地道，形小，没有摇塌。那些古窑洞和地道，据说是藏兵洞，现在都叫泥淤住了。

李百朝先生说到这里，微笑着看了我一会儿，做了一句划时代的总结，给你说了去，将来空气比清油值钱呐！

我到上川子，访到马吉祥先生，84岁。曾经任过大队支部书记。

我家地摇打坏了四口人，活了四口人。我父亲在寨子市开馆子没有打坏，我母亲抱的女儿打到房梁底下，房梁担住打坏了女儿，我母亲活下了。

听老人们说，界牌老庄湾、李家崖湾，地动后能活二三成人。老崖、南山，也没剩下几个人。甘盐池南北两山里也差不多打绝了。海原10多万人，9万人打没了。

汶川地震三小时，总理就到救援现场了。民国九年（1920年）海原发生那么大的地震，小摇了一年还没有断，大总统第二年才知道。我们现在的这个社会好得很，国家给我给的人民币我够花了，好到顶了。我再劝说年轻人一点，现在娃们不惜疼粮食，到处撒的是剩下的吃伙。五谷是养人的，糟不得。谁造业谁领受。

在上川子，我访到李三录先生，93岁。

界牌老庄湾、李家崖湾我的亲人打绝了，一个坟坑要埋八九个人哩。我有三个太爷，两个太爷的两家子人打没了，就剩了一个太爷叫李文友，他家里就活了他一个人。我太爷说地摇了，磙子在场里打毛趣（毛线球）呢。黑水冒了几丈高，呜地张开没了，呜地合住冒了。界牌寨子市四链子骆驼，跌进地穴里没有冒出来。场上的麦垛哗地散了，吸进地穴，忽地冒出火了。我本来住在老崖，住到上川子是领受了先人的绝业。

我又问了一遍寨子市的位置，他激动了，忽地从靠着的被卷上坐直身子，捋了一把胡子说，我老了，不中了，不是我领你看走。

2016.6.19

一戳一包灰

早晨，海原地震台对面，站着一个拖小孩的老人，我走过去扯磨（拉闲、款闲）。他叫马万疆，80岁，退休林业工人，蒿川人。

地震那是过去的事，你打听着干什么？马万疆老人一边问我，一边思考。

我说，老人越来越少，大地震的传说也越来越少，到以后，人们光知道1920年12月16日海原大地震这个事件，灾难细节就不知道了。

你说得对着哩。现在能找到八九十岁，能扯这个磨的人不多了。他说。

我家在蒿川，听老人们说，当时那个情形，外面跑的人一般都能活下，窑里蹲的人活着出来的是极个别的。我家六口人，地震打坏了我的爷爷和阿伯。那一年——一九七几年时，发了山水，冲出了一个窑洞的底子，放羊的从沟底往上看，窑里面有椽子、家具、水缸，那就是地震埋下的东西。从上面往下看啥也看不见，草长着结住了。

　　1958 年，挖出了一个窨子。窨子是啥呢，类似地道。是在山崖绝壁上开凿出的土洞，洞口很小，一般都是钻进钻出，里头宽大，可以面对面坐两排人，中间还有过道。深的窨子有几百米。窨子是躲藏强盗、土匪的暗洞。内部氧浓度低，隔热性好，冬暖夏凉，还能存放食物。积极分子啥都不怕，打着手电进去一看，面对面坐着两排男女老少，看去好好的，用手指头一戳一包灰，哗地散了，一堆白骨。这些人躲强盗去了遇上了地摇，捂到里面绝了。

　　蒿川那地方田亩宽广，山场辽阔，粮满仓，羊满圈，有钱汉多呢。1964 年我们家分了一片自留地，在地头上挖出了一个缸。经过判断，挖出缸的地方是滑走的窑洞前半部分，滑走有 40 丈。缸里有大半缸水，清汪汪的，上面还漂着甲甲虫。一个缸加上半缸水有多重呢，那是能搬动的，这个缸就是搬不动的捘不动。缸在半洼里，我在缸底下挖了一个槽子，也没挪腾下来。我站到洼洼的上面试着蹬了一下，没有咋用力，缸倒了，水倒了。他拉了下我的衣袖对我耳语。据老年人说，缸里的银子化成水了。我挖着出来了，银子跑不脱了，化成水了。

　　没经验嘛，我还挖出了几件精细的瓷器，不知道那东西在窑里捂得时间长了，见不得风吹日晒，一见风和光就炸碎了。有好几件东西，一挖出来就炸了，只剩了一个瓷盅。这个瓷盅怪得很，里面倒上水，就有一条金鱼出现了，你咋动，鱼咋游，后来就不知道那东西哪里去了。

2016.6.21

园 河

园河《山海经》里称为洰水河。

我走进园河流域张湾上庄一家新建的院落，我和这家的老人在宽敞的大房里见面了。老人说，前两天有个年轻人找我，脖子上戴下一个像章，好看得很。你们是一起的吗？我说不是一起的。我是了解大地震传说的。

石彦泉，93 岁。他说，我们住的房房子，家有八口人，爷爷奶奶在上房已经睡了，我父母，还有他们的六个姊妹，在高房子上说古今。呜的一下高房顶子没了，星星明璨璨的，脚底下颤地啪嗒嗒的，人栽跟搭头地站不住。他们在没顶的高房上就那么眼看着大房倒了，我爷爷奶奶打坏了。我父母和那六个姊妹留下了。

老人的儿子进来说，前几天来的那个小伙子是菜园马营人，调查堡子的。

2016.6.22

小湾子的一个人哪里去了？

　　走到上张湾小卖铺门口，一辆摩托很有把握地超过我停在铺子门前，骑摩托的人身高体瘦，一扬门帘进去了。我侧身跟进。

　　小卖铺有两个人，一个是老板，一个是骑摩托刚进来的。他俩隔着柜台一手交钱一手交货。我向他俩打听庄里的老年人，老板问我找老年人干啥，我说款闲。他又问款啥呢，我说款大地震的传说呢。摩托客友好地打量了我一眼说，你来得迟了，庄子上头，有100多年的两间土房房子，1920年那么大地震也没有震垮。前两年建新农村才拆。那是能证明大地震的实物，拆了有些可惜。你要拜访经历过地摇的老年人，现在少得很，不过我们也听老人说过……他叫张凯，他说张湾有一家人，八口子，地摇打坏了老两口和一个宝贝儿子，留下了五个女儿。这五个女儿咋留下的呢？半夜上后圈（茅厕）害怕，姊妹五个搭伴儿去小便留下了。天灾就这么有意思。

　　张湾庄子上头那个台上，就是张湾水库坝面下头的那个台上，过去叫小湾子，全湾子整整100口人。地摇的那一晚，张湾的一个人跑到小湾子去耍，小湾子应该是 101 口人。但地摇小湾子人打绝了，打坏的还是 100 口人。张湾去小湾子来要的那个人，包括在这 100 口人里了，那小湾子怎么少了一个人呢？这个人哪里去了呢？失联了吗？结果小湾子这个人的命大，到张湾说事去了，还没走进张湾庄口就地摇了，小湾子的这个人就这么活下了。也就是说，张湾那个人顶了小湾子那个人，领受了震劫。

我外爷、外奶在羊房子里睡，被地震惊醒，房顶子没了。张湾总共多少户不知道，地摇后剩了四户。住草房房子的伤亡少一些，住窑的基本打绝。娃娃缺到啥地步了？谁家的饭熟了就喊别人家娃娃吃饭去。

北坝上的张选清，捂到崖窑里，外面路过的人听到喊声，当是鬼喊呢，没敢搭救。后来有个胆大人，听到喊声，刨开一看，张选清还活着呢。

那时要有生命探测仪，有现在的党和政府，打坏不了那么多人，捂到窑里的基本上都能得到搭救。

张凯把我领出小卖部，给我指了那两间经历地震没有倒塌的房子位置说："把个海原大地震纪念馆破坏了。"

2016.6.22

顶门与过继

中午步行到刘家湾，依照短信提示，找到刘华先生家。

他知道我今天中午到他家除了看望，还有话题。于是，他自觉地说，我大太爷家有七八口人，地震后仅活了大太爷刘玉璋一人。太爷一家也好几口人，只震亡了太爷一人。大太爷家住的是崖窑窑，太爷家住的是土房房。不一样的居住条件，承受的灾难也就不一样。太爷的两个儿子都有家舍，失去了父亲，就把失去儿子的大太爷接过来一起生活，随后，我二爷给我大太爷过继当了后人。

他说，我们刘湾对面有个乱山子，山对面有个大湾，大湾里有个大窑，大窑里唱牛皮灯影子，看的人多得很。有爷爷孙子两个，平时孙子看牛皮灯影子从来不嚷，那一晚夕孙子嚷着不看。爷爷问孙子嚷着咋了，孙子说他看见窑里的人背子上都插一个旗旗子。爷爷一听就背上孩子出去了。我太爷是庙里的会长，这一天庙里的神做过决断，告诫人们不要去大窑里看牛皮灯影子，都到庙上来。没人听，包括会长。结果，这些不听决断的人都关在窑里了，当会长的我太爷也没幸免。

刘家湾前面河道里当年有个吃水井，地摇时冒出的黑水，高过河沿，在人们内心留下的恐怖多少年后说起来，那口气也是冷飕飕的。刘家湾方神庙从那时起就供奉起了黑水龙王的尊位。

我外公曹昌文，园河人，16岁在西安州老城当相公，给生意人家站商铺。那夜晚铺子里来了几个款闲的人，地摇了，铺子墙倒顶塌，款闲的人一起打到了铺子里。外公曹昌文摇到檩子底下，檩子担住活下了。外公在檩子下面向外喊叫，有人将他救出，再救那几位来款闲的人都已经震亡。我外公不姓曹，是曹家人地震打绝后，给舅舅曹家顶了门。也是海原大地震顶门一族。

1920年海原地震后，过继、顶门这种养育关系，在海原地震带上可成民俗。

2016.6.22

在任湾听到的罐罐村

我穿过脬（pāo，墟）呲呲的园河水库坝底，翻过坝面，走下坝坡，我到了任湾庄子。庄子里的风景就是多年的陈草垛。路过一家大门，有一老人在那里纳凉。我过去和他款闲，他说他老家在甘谷。张先生，75 岁，猴年地摇后我家老人逃难到任湾。到了任湾，我家才发现这里也是震区。任湾的后山前山都摇脓了。任湾对面，黄湾的赵家沟摇着骰了，裂口从山顶裂到沟底，太太庙那一块为啥叫乱山子，地摇时骰脓了，鼓起许多小山一样的土包（地震鼓包）。

我老家甘谷的罐罐村也恐怖得很。罐罐村大，地摇当年大眊瞜（màomù，估计）3000 口人左右，住的是齐蓬蓬的崖窑。我父亲那时八九岁，天刚黑，一些人在窑里吃饭，一些人学拳耍棍，我父亲跟上几个大娃娃在麦场里打毛蛋，就是用毛线缠绕的毛球，一拍就起来了，和打皮球差不了多少。他们正在场里打毛蛋呢，先是碌子跳开了，我父亲喊着问呢，谁这么大的力气把碌子当毛蛋打着呢？哐啷一声罐罐村达地底下灌了，地摇了，过 3000 口人的村子剩了近 1000 口人。我姑爷家留下了我姑爷，我们家留下了我父亲。我姑爷是个拳棍手，领上我父亲离开罐罐村。翻过年逃难到西安州，在国民党办的农社里做活，一月能挣五毛钱。

任湾庄子长吊，我在街口小卖部前面遇到一伙款闲的人。我加入其中，在他们相互取笑当中，话题跟着地摇来了。

黄宝中，75 岁。他说，我们任湾庄子后头摇碎了，摇了一滩的土包包，听有些人说那叫震包。园河向付套的扬水渠道就经过那一片震包，结果水从那里流不过去，就跟地穴里灌了。后来渠道改线了。震包后面有个地名叫草圈，住的也是黄家人，清一色的崖窑，地摇一湾人打绝了。我们黄家住在任湾，摇塌了箍窑，爷爷奶奶等五口人就剩了父亲一人。当时我父亲一岁半，不知道怎么从箍窑里摇出来的，坐在窑尖子上哭着呢。

1976 年，我在张湾水管所工作。付套扬水渠道，是我跟李合隆师傅测量的。

2016.6.22

留 雨

　　我沿着河湾的村道行走，离开任湾，就到园河。我找到郭家人，想了解朱绍良失事飞机与郭老爷的关系，人家心里似乎设了防备，不愿谈此话题，问地震的事也躲躲闪闪，我就离开了。在庄子敬老院附近，刮起了大风，下起了大雨，邢廷义夫妇在自家大门洞看见我在风雨中，就招呼我过去。我们在门洞里听着大雨哗的一声落地，一声炸雷顺河道滚滚而去。他夫妇礼让我进屋避雨，还要端吃喝，我婉言谢绝。他们也是我见过的善良人家之一。雷声过了，雨点小了，我要离开，邢廷义过意不去，要领我去敬老院找老年人款闲。在进敬老院之前，他说园河这个庄上，有一家人姓崔，只活了一个叫崔德禄的，从箍窑里捄（sán，扔）了出来，其余人都打坏了。

　　我们到敬老院，老人们因为雷阵雨没来。

2016.6.22

姐 姐

雨点打麻的地面，已经干了。我在园河另一个庄头和一群人款闲。

程凤玲，女，有孙子。她说，我奶奶点着灯盏，给娃娃去取尿褯褯（jiè，尿布），这时地摇了，房梁下来，把我奶奶打在下面，我奶奶怀里护着40天的儿子。人们的惊慌声小了一点，听到哪里娃娃哭着呢，抬过房梁一看，大人身子弓着呢，打坏了，身子底下的娃娃好好的。这个娃娃就是我奶奶护下的我爸爸。我爸爸离过娘，靠吃自己姐姐奶水长大的。他的外甥喊他的姐姐喊妈妈，他也跟着外甥喊他的姐姐喊妈妈，一辈子没有喊过姐姐。

2016.6.22

知识不如鸡

这一霎雨过去了，在园河庄子最后面，一个老人靠着一捆青草，窘在地畔上，他皮肤颜色就像红胶泥。

"客家，走哪里去呢？"他问我。

"走访地震的传说呢。"我过去和他款闲。

黄廷玉，66岁。听老人说，人对地动的前兆瓜瓜的，知识不如鸡知道得多。地摇前鸡上了树，人傻傻地蹲在窑里不出来。那一夜一些人睡下了，过来一声吼——啥吼着呢？不明白，是地摇了，场里人撞得磕子跳蹦子呢，我们老人住的草房房，房墙坐了，顶子破了，毙的毙了，压的压了。我爷爷弟兄三个，大爷一家四口人打没了，爷爷奶奶活了，一儿一女打没了，三爷家打散没有了下场，独自出走，再没回来。我就知道这么多。

"客家，下雨了……"他窘在草捆子旁说。

话音刚落，大雨淋头，他的身子由窘着的样子直了起来，好像一棵吸足了水分的植物。

2016.6.22

长孙的叙述

行雨天，说下就下。

我在雨中走过泥土味道、庄稼味道的田间小路，村庄的味道浓郁地出现，我走进北坝庄子。

雨下的路面明咻咻的。我向开着电瓶车跑雨的人打听庄里谁家有老人，他一扬头指向庄子里面。我走进去，我看到了一家小卖部。我向他们打听庄里谁能说上猴年地震的事，他们说不知道。我离开小卖部，雨停了，路泥泞。我向一个打扫圈舍的人打听，他说从哪里哪里过去到哪里哪里，哪里有个老汉，吃高龄补贴，爱跟人款闲，让我去找。我按照"哪里哪里"的路线，找到老人的家，家里人出来告诉我，老人提着折叠板凳在雨前头出门款闲去了，还没回来。我看到他家上房门口放着一把折叠板凳。我想再问一句，看到人家表情，我明白，天要黑了，雨说来就来，不希望我到他家里去。

我离开庄子，在走向大路的途中，雨下得比之前更大。电瓶车就像燕儿进窝的一样，从田野嗖嗖嗖地一辆接着一辆窜进庄子。

　　我走到大路上，接到家兄的电话。他问我到哪里了？我说我刚离开北坝。

　　我们寒暄了几句，他说，我听爷爷说，地震那一晚，爷爷做生意正好住在北坝上。爷爷走站背一把板胡，走到哪里自乐到哪里。入夜，场房子里挤满了庄上的人，听爷爷边拉边唱，一板《绣荷包》还没唱完，爷爷拴在场房外面的马，打起能能嘶鸣。爷爷让人出去看了一下，看的人说没有看见偷马贼。爷爷说人没有牲畜有灵性，马知道大难来了人不知道。接着天摇地动，场房子塌了。人挤得多，场房子的墙没朝里倒，向外塌了，房顶子是椽子和向日葵秆子蓬的，塌下来被一房房子的人掀开了。爷爷一个箭步跳了出来，场里的碌子，忽地起来，忽地落下，满场乱跳，刚要躲开碌子，脚底下裂开了地穴，爷爷又是一个纵步点着乱跳的碌子跃过，得救了。爷爷听到一片惊叫和哭声，知道天灾降下咧。爷爷连夜往家里赶，一路软呲呲的，到处是摇散的地皮。赶到城里，城墙塌得连城门都找不见了。走到油坊院，一个人看见爷爷了，甩着血淋淋的两只手，跑过来和爷爷抱头痛哭，嘴里一直重复着"刨不出来了，打绝了……"舍不得丢手。爷爷到哇呜井，一只狗撵了过来，不但不咬，淌着眼泪，直摇尾巴，依依不舍，跟着爷爷走了。等爷爷回到多罗堡，咱们南沟的窑顶子坠了，太爷、大爷、大奶奶震毙，两个侄女卡在窑顶坠下的胡墼空里活下了，六口人活了一半。

　　家兄说的这段家事，我年幼也听过，只是没他记得这么详细。

　　家兄在电话里说，你的这次田野调查可以命名为"地震苦旅"。

2016.6.22

预料之外

黄昏又雨。

我走到西安州老城西门外公交候车点，等了个把小时，夜幕临近，向树台方向过去了三辆出租车，我希望这三辆车不要都住下，返回一辆我就可以到县城了。

星星出来，蓝天深了。

一个妇女背着一个小包袱，悄无声息地走到候车点。我看到她的轮廓，她可能也只看到我的大概。

我感觉是田园里的风把她送出来的，带着一股庄稼的芳香。

灯光哗地一闪，一辆车颠簸着转过弯，灯光打在我们面前的路上。那妇女可能是长期在这里等车，熟悉情景。她一招手，车缓缓停在我们面前。我看了一下车牌号，这是第三辆过去的那个出租车。

在车上那位妇女向司机说明，车费不用按里程计价，是出租车返回顺路捎带的脚程，只付五元。司机默认。

我对这位有主见的妇女产生敬意。我问她进城的目的和意义，她说她的两个娃娃在海中念书，租的房子住。早晨回家跟丈夫下田劳作，晚上进城给娃娃做饭。说到底，主要是不放心，担心娃娃被人引诱学不好，甚至学坏。我说这么早晚跑多费钱，她说平时坐公交，可充月票，从县城到她家月票为100元。我说也够辛苦的，她说再辛苦也没办法，娃娃不进城念书，考不上好学校，时间也花了，钱也花了，那不是白花了吗？

她说到这里就不说了，大气不吭。可能她不太情愿听我说的话。

出租车穿过著名的西安州城，司机和我搭上了话。尽管我被路、风、雷、雨，折腾得疲倦，状态麻木。司机开口问我到这里有何公干，我立刻焕发了精神，回答了他的提问。他听我说后，他推荐我上网百度百度，有个叫王漫曦的人写过海原大地震。我暗自吃惊，他会关心到我的《1920年——海原地摇了》？真正的预料之外。我没有说破我是作者这个秘密。

他说，我们祖上从同心下流水逃难到李俊踏板桥沟落脚，生存过程很艰难，人口发展到六口，哐的一声地摇了，打坏了四口，留下了我太爷和我爷爷，在踏板桥沟难怅着坐不下去了，我太爷领着我爷逃到红羊的刘套。地摇后人少得很了，活的人基本上都逃开了震亡亲人的伤心之地，那么多土地没人耕种。我太爷和我爷爷在这里生活了一段时间，又逃到海城黎庄。我爷爷到黎庄，听黎庄人说，一个女人奶娃娃着呢，地摇檩条下来戳坏了妈妈，妈妈弓着身子护住了娃娃。人刨着出来，娘母子完了，娃娃还在吃奶。这家人姓勉。

然后他连着称赞我干的是一件好事。

开心啊！

陪读妈妈说，西安州老城有弟兄两个，白天忙着开铺子，晚上变工剃头。哥哥给弟弟先剃，刚把头顶旋开就地震了，窑帮子坐了，窑顶子摺了，弟弟发到箍窑外面活了，哥哥被窑帮子下来压坏了……

路短话长，三言两语进了县城。

"老汉，你把我的电话号码留下，用车的话跟我联系。"他说。"我叫马凤真。"

我们互留了电话号码，我说出我的名字，他踏了几下刹车，不大相信地看着我。"你帽子抹了我看。"

"看啥呢，一个白头老汉。"我抹掉帽子说。

"和网上的照片像呢。"

"你是王漫曦？我在网上也看过你写的海原大地震，也看过你写马和福的书。网上的你的照片穿了个红衫衫子。哎哟，今儿把贵人见了！"后座上的陪读妈妈说。

这是我想不到的。

2016.6.22

塌　山

大原，固原在先秦的称谓。

北川，固原城以北的彭堡、三营、黑城、七营、李旺、高崖、大战场一带，即清水河谷两岸，正是青藏高原板块和鄂尔多斯板块地质构造结合带。

1920 年 12 月 16 日，发自青藏高原东北边缘的海原大地震撞上鄂尔多斯台地，反作用力形成的震波回馈，在固原彭堡集中爆发，震后土浪状如水波固化，呈现在石货铺以南、石碑湾以北、头营以西、撒门以东之间。

这个巨大面积的地震遗迹，当地人叫塌山。

撒门在清代出了一个军爷，姓杨，在两广做过提督。

回银川半月，再入清水河谷福银高速深入彭堡。

我到访的第一个村是彭堡的王明庄，当地人有的叫王陵庄。王陵非一般人的墓地。

我在王明庄遇到的第一个人是退休的地质工人王忠厚，67 岁。他家是 1920 年大地震后由静宁迁移来的。他听当地老户说，王明庄地震时有 20 多户人，除张家、李家两富户的房子其他的居所都摇平了。具体不详。

我找到一个小卖部，门前有七八个人拉闲。很显然，各地乡间小卖部门前都是一个闲话场子。闲话不是说三道四地搬弄是非，而是传播信息、抬杠取乐的场所。我介入其中，他们不语不看，以耳朵观察我的动静。我如何等情说明意图，大家略加沉默，王继承开言，我奶奶给我说，地摇那一夜，我大才两岁，号着闹着不睡觉，奶奶抱着出去游留下了，我三爷家四口人打绝了。

我听我妈说，石货铺吭嗒嗒摇平了。我外爷在将口子站庙，赶回去石货铺庄子没了，就剩了一只狗追着我外爷来了。石货铺 104 口人，打坏了 103 口，就活了我外爷。

一个中年男人说，我听别人说，我爷爷没打坏，我奶奶娘母三个打坏了，埋在一个坟坑里。我小爷打坏了，我小奶奶没打坏。三年后，我爷爷和我小奶奶合家，过在一起。

另一个中年人插话，我也是听人说，地摇后没有多少人，有个外路人，一个胳撸仚（腋下）里夹一个亡人，地上镂（sòu）一个壕壕就算埋了。埋一个人能挣几个麻钱子。

王继承先生推荐王继宗先生，带我去找王进礼先牛。我们来到丰堡村二组，王进礼老人去别庄送葬不在家。他把我带到王木铎老人家。

王木铎，86 岁，老家静宁，地摇后跟老人逃难到彭堡。他说，地摇那年，我有个祖太太年寿过百，家里养了一口准备抬埋祖太太的猪。这个猪儿养了两年，肥得起不来，老鼠在皮褶褶子里打洞做窝。结果地摇了,祖太太打坏了,这个猪儿也打坏了。

我们为啥逃到王明庄落户呢?地摇前王明庄河东,也就是中水河,现在简称中河的东畔,齐排排的崖窑,地摇一哈扇到了河滩里,基本扇平了,人也打得没剩个啥。我们老人打听到王明庄一是都姓王,二是田亩荒芜,三是水草茂盛,我们就来这里落户了。王明庄现有 260 多户人,其中王姓人口占一半偏多。王姓人还不是一个王家,是三个王家。

我们向王木铎先生告辞,他拄着拐棍一直把我们送到大门外,宁南人那种尊人礼数的行为让我心存敬意。

王继宗先生也是一个会过日子的人,他没有外出打工,挣的钱相对少一点。他不外出打工的一个重要原因,就是喜欢种树,建了一个三亩大的果园。

他把我带到他家果园,我吃到了活在树上的红梅杏。

刘爱琴,女,74 岁。她从小卖部买东西出来,和我在路边相遇。她已经在小卖部里知道了我的搞干,我向她问好,她就说,我听我娘家妈说,地摇的动静大得很,房顶子扯得光光的,能看到星星。我娘家妈的姑奶奶跑到院里,搭地缝里摇下去,光剩了个髽角子。地摇后我外爷天天要埋地震打坏的人,伤心地活不下去,带着女儿、儿子逃了。我婆婆家一共八口人,打坏了六口。爷爷和大爷爷给人拉伙计,回来家里人打光了。弟兄两个往出刨人,手都刨烂了。冬里天气,挖不开地面,就在摇墟的地方刨个坑,把震坏的人下葬了。一个坑里葬三个人。

2016.7.8

地面闪了

在撒门问去塌山的走法，指路的人是马少忠先生。

他说，彭堡是个土地肥沃、水草丰茂的地方。彭堡大湖滩水库，是固原城饮用水源保护地。撒门呢，在清代出过两广提督——杨老军爷。

彭堡地界有两眼泉，一眼叫丹泉，一眼叫黑泉，泉水喷注，高丈余。彭堡地界有肖磨、姚磨、侯磨、陈磨、吴磨、张磨六家水磨，全靠这两眼泉的水打动。

我听老人说，地摇那一夜，场上的碌碡从南滚到北，从北滚到南，然后像皮球一样蹦蹦地跳着呢。塌山摇起的土浪从东往西涌着呢、翻着呢、翻着呢、涌着呢，地面闪下去了，沟沟里的张家打绝了，塌山连的陕家庄，有一个孕妇跑脱了，把娃生在了姚磨。这个娃就是后来的张家老汉。还有买家老汉，他妈把他生在了草棚里。

他说，塌山那里的土，挖一丈多深还是墟的。有人在那里挖出过麻钱、罐罐、宝剑等不同时代的文物。可能是从古墓里摇出来的。

2016.7.8

四把笛子

家弟王满平去西吉，联系到我，从彭堡把我拉到西吉。他去做他的事，给我留了一笔盘缠，并灌满我的"猴娃子"（酒鳖子）。

西吉，1942 年立县，俗称新县。

惊叹西吉永清湖竟然转化成生态休闲文化公园。

20 世纪 80 年代拙作《永清湖的少年》，描写的景象和现在大不一样。现在的永清湖野鸭成群，岸绿成荫，由一座排污为主的蓄水坝改作公园，这一笔是用心写就的。

永清湖其实是坝，不过叫湖还是舒坦。

我在永清湖广场众多的摊场中，瞄到了一个老人，跟了过去。他随着秦腔牌子曲伴奏带，绕着广场独自吹奏。他的左胸前挂着伴奏器，右胯掉着插了四把笛子的专用插袋。他边走边吹，我边走边听。广场东面的圆弧快走完时，他停下来问我："你有啥事不？"

我问他有没有听过大地震的传说，他双脚并拢，往正站了站身子，他说他五六岁时听妈说过，灶火板板上的碗跌下来，地摇了，有的打住了，有的走脱了，老家大毛湾摇平了。活的寻活的没寻到几个，寻了几天，寻着了不少打坏的。

李作吉，82岁，老家会宁大毛湾（大水岔）人，不识字，会识简谱。15岁跟着戏班子吹老戏，带的笛子分别有G调、F调、升F调，还有一把全音笛子。他随老人由会宁逃难到靖远、关庄（海原）、龙王坝（西吉），暂居西吉县城。老人夫妇没有生养，老伴去世，孤得心慌，晚上出来在广场吹笛子排遣恓惶。

永清湖广场拉闲的人也很多。

程菊红说，我听我爷爷讲，程家有一把有来头的剑，强盗破门入户抢剑，其他人都逃了，光把小脚的祖太太藏在家里，心想强盗再野蛮对老年人不会怎么样。强盗搜出祖太太，问祖太太要剑，祖太太说不知道。强盗生了一堆火，把祖太太架到火上烤，烤得快熟了祖太太还是个不知道，强盗就把祖太太扔到火堆里烧坏了。强盗不甘心，钻到窑里翻腾，地摇了全部捂在里面打日塌（死亡的另一种说法。这里带有诅咒的意味）了，这就叫现世报。我听我爷爷还说，坐了一窑的人抹牌着呢地摇了，窑下来封了门，只有两个人闪脱了。

董满仓，65岁。我听我六爷说，老家宋家河畔董家大路住的都是崖窑，我太人生了个儿子属猴，正坐月子，地摇了，崖窑抹了帽，窑顶上面滑出个月牙儿，人没有关住，只伤了两人。天爷对我一家好得很，我爷爷弟兄六个没有一个震故的，我家的牲畜全打光了。

王春燕，女，62岁。找奶奶说，地摇那一夜，笤儿、簸箕、擀杖、盆盆、罐罐……眼前头的所有东西，都像长了膀膀，到处乱飞，到处胡碰。有一家三个娃娃埋到窑里了，外面听到里面哭着呢，大人就往出刨，洞洞越刨越深了，娃娃的哭声越来越小了，后来听不着哭的，外面的人以为没了搭救不刨了；刚转身要离开，又听着哇啊哇啊地哭开了，又开始刨。刨了没有几下，洞洞刨透了。就差那么几把，三个娃娃得救了。三个娃娃不哭的原因是啥呢？在窑里找到了一缸酸菜、一缸清油、一缸白面，有吃的了，不哭了。

我奶奶小脚，经常到穆家营（西吉县城所在地）跟集，那时穆家营没有多少户人，哪里像现在，街道上人扛车的车扛人，挤着过不去。我奶奶99岁老百年了。

这位中年女性不愿透露姓名、年龄。她听外奶奶说，兴坪王堡马家，50口人开外，地摇打着剩了两人，一个是奶奶，一个是奶奶的三妈。婆媳俩相依为命。猴年十一月初七地摇的，到过年时候，有个亲戚叫韩彦秀，在陕西西安住着呢，是那个地方的参议，来王堡舅舅家拜年，搭头一年腊月，走到第二年二月，东碰西撞，找到舅舅家，问他的外奶奶，庄子呢？摇了！人呢？打了！参议这才知道地摇了。我给外奶奶说，这个参议咋这么笨，他聋着还是哑着，咋不打听呢，700里路走给了几个月，真的是哄舅家呢。我外奶奶突然悲痛地说，到处地摇了，地摇着打得光光的了，路上哪里有个人叫他问哩，就是遇到个人，自己的恓惶都哭不了，哪里操闲心去呢！

你听听，猴年上的地震重不重。

她还说，我外爷的爷爷姓黎。黎家到马家说媳妇子来了，晚上睡觉呢，黎家亲戚走出窑洞上厕所，走到院里地摇了，黎家亲戚喊，马亲家，地动了，跑……马亲家一家子没有跑出来打绝了。
他就是我大舅爷马汉彪家。

她又说，外奶奶娘家的兄弟家，半家子人从窑里的炕上簸了
出来摔坏了，尽管外奶奶活下了，脑子已经吓得不好使了。

2016.7.8

台台下

　　走进夏家大路，就走进了地震堰塞湖"一串明珠"遗迹。

　　我在路边遇到一个抱孩子的妇女，她向我介绍，台台下有堰塞湖的地方，很早以前是一条西夏人管理的大路，震前依然是一条通行的大路。我这地方听老人说，路边住着我们马家五户人，地摇了两面山上的土扬了下来，在庄子下面把路壅了，人走的路也断了，水走的路也断了。天黑土罩，等能看着，水一个明坎涨上来了，家人紧跑慢跑，水把窑灌了，奶奶灌到窑里亡了。我家人没有打在窑里，地动后就在坡坡上搭了个棚棚住着呢，湖里的水又聚上来，逼着我家又搬到这台台上面住了。

　　我在她家门前的台台下看着她和她家。

　　她家新房建得很漂亮，背山面湖，去党家岔堰塞湖的公路从门台下面通过。她家门前那条路有一车辙宽，贴着山根向西，斜斜地仄下来，在公路路渠上做一个跨桥，并到公路上，看着顺眼，走起来也是通畅的。

2016.7.9

体验惊慌

从夏家大路、毛家坪至苏堡，湖湖相连，水平如镜，白云入湖。野鸭游湖咕咕，山鸡越湖啾啾。

山水安澜。

1920年海原大地震在西吉形成的堰塞湖，沟沟岔岔、大大小小17座。党家岔堰水位高于苏堡街道，住在街道上的人日日担心，夜夜恐惧。民间传说，堰塞湖内发大水，走浪前面有两盏明灯，据说是水怪作为。于是，此传说不胫而走，吸引宁夏、甘肃等地好奇者前来体验发大水的惊慌，以期目睹水怪。

党家岔堰塞湖水西流入祖历河。

成湖伊始，水苦，蛤蟆都不生活。

1968年，政府通湖引流，在降低堰塞湖水位的同时，水质渐淡，野生鱼苗和放养鱼苗混生，发展起了渔业生产。20世纪80年代，苏堡公社打鱼队网住过30多斤重的鱼王，身长达2米。20世纪90年代，老鼠成灾，老鼠药通过第三途径入湖，水质污染，鱼类种类数量骤减，生物链几乎灭绝。

党家岔堰沟通西吉会宁两县水系。近些年水面缩减，水位下降，但10公里的长度，仍排全球第二，亚洲第一，依然在世界堰塞湖里数前。

我爬上堡子山，向会宁方向望去，夹在山岭里的堰塞湖烟波渺渺。

近百年的风雨沧桑，17座堰塞湖，可显水域的还有9座，其他干涸。

数十年前，党家岔堰塞湖更名震湖，苏堡乡随改震湖乡。

苏堡（百姓喜欢根古叫法）街道上面的庄子，我访到一位90岁高龄的杨姓老者，他是地震后从南路迁到苏堡的，对1920年海原大地震不清楚。老者后人杨耀荣先生，60岁，退休干部。他说1970年苏堡5.8级地震他知道，苏堡全乡打亡48口人……震中芦岔打亡40人，他丈人家打坏了七人。

我路遇李国雄，62岁。他听爷爷说1920年地动之前，我家的一个院子，一转圜（四周）都是箍窑，地动罢，窑摇没了，就剩院子里站着的人了，惊恐不定，号喊声怪咤咤的，等安定了一些，发现来浪娘家的一个姑姑打完了，还有一个准备过门的姑姑也打完了。

他略微停了一下说，我自己经历过1970年农历十月初四夜里发生的苏堡地震。此次地震前兆，是在五月睃五（睃——驱邪、奉献。夏商之前宗教祭祀的痕迹。目前称端午）下了一场雪。这次地震发生后，解放军就来了，顾缠得好，除了芦岔当时打坏的40人，其他地方打坏的八人，再无伤亡，能救的都救出来了。帐篷、大衣、米面发放及时，防疫消毒及时，没有发生次生灾害。民国九年的那个地震，在人情上那和这次地震没法比，那次震劫之后的活人，也是活在地狱里。没人管！谁管呢？

2016.7.9

一盏清油灯

　　我走向党家岔堰塞湖旁边，堡子山下的一个庄子，小卖部门前坐着几个款闲的人。说起 1920 年海原大地震，一位满脸胡渣的老年人指着对面的山说，那座山叫小岔子梁，又叫驴尾杆梁，那天夜里几个老汉在梁上的一个高窑子里抹经（纸牌），驴尾杆梁突地揸（zhā，受外力撕开、断裂）脱跑了，一盏清油灯没有灭，高窑没有摇破，一直滑到河湾，几个老汉都不知道是地动了。咋耳缝里听着人号得怪咤咤的，惊着出去一看，山哪里去了？路哪里去了？在梁上呢咋到河道里了？当河为啥起了一道梁？这就壅成了党家岔堰，从堰口到水坰子三四十里路深，现在没有那么长了，约有一半。

2016.7.9

"复兴会"的人来挖窑了

中午，在永清湖广场的路边上遇见一位老汉，我夸他和他的拐杖，他赞我的手鞭和头发。他说他父亲50年内经历过两次地震，一次是猴年（1920年）地震，一次是牛年（1970年）地震。

沈全忠，苏堡沈家吊岔人。我父亲说民国九年地摇了，那时间复兴会闹得正凶，我爷爷还说是复兴会的人来挖窑了，挖的窑动弹呢，用后背子把门顶住，不让家里人出去。一个猫儿惊得上来下去地跳着门里跑不出去。窑筛过来筛过去筛着不停，筛呢筛呢窑顶子开了，我父亲和猫儿被打进炕洞，窑窗子上的木头横担下来护住留下了，虽然没毙命，就差没烧熟。当时我父亲7岁，从炕洞里连搲带拖地搊出来，把腰给搋坏了。全家满共11口人，打坏了七口，留了我三爷，我爷爷、我奶奶、我父亲四口。

1970年的这次地摇，我奶奶和我父亲又被打到窑里了，这回没留下，打坏了，你说苦心不！造下地震要他们的命呢，他是躲不过的。

2016.7.10

三进士的上姑舅

人在灾害后除了隐忍、活下去，还需要做什么？人性如何安放？我在永清湖广场胡思乱想。

无法预料的事情出现在眼前，一位和我年龄相仿的先生，拿了一本袁伯诚先生的《蛮触斋诗选》，低声念诵《酒醒腹吟》一诗：

> 豪气全销分自安，
>
> 生意唯余酒可贪。
>
> 杯里风月一饮尽，
>
> 胸中蚌珠万斛瘝。
>
> 忘机但须酣卧地，
>
> 畏官不曾高呼天。
>
> 游戏污渎做独豚，
>
> 醉眼蒙眬看人间。

待老者吟完这首诗，我问他认不认识袁伯诚先生？

他见我惊疑地看他，他也惊疑地看我，相对数秒，我跟他握手。

他说，袁老师是我老师。

我说，袁老师是我老师。

遥想袁伯诚先生 20 世纪 50 年代，从陈毅元帅警卫班考入北京师范大学中文系，后与启功先生同组下放西郊农场劳动改造。命运就此逆转，再配西吉某小任教。见社员等米下锅，带头分了储备粮，受罚入监。在狱中没有纸笔，于衣服"绣"了不少诗。铁骨铮铮的汉子，几十年颠沛蹉跎，但一个"人"字却坚毅地越筑越高。

这又是个凑巧吧，我继续在永清湖广场一棵树下等待纳凉人款闲，李世峰先生从银川打来电话。他家住在西吉县苏堡乡马头湾，他们李家是会宁苏家三进士的上姑舅。他是宁夏民族歌舞界代表人物之一，获过国家大奖，多次出访亚洲和欧洲。

他问我最近忙不忙，有个活想请我做。我说我在甘宁走访大地震传说，他说那就不谈活的事了，你安心做这事，这是百年大事。我推荐你要做的这活，无非多挣二两银子。我感谢他的鼓励，他顺便给我说了他家的地震灾害。

他说，地摇那一天我奶奶生病呢，我大妈、二妈给我奶奶烧面鸡准备叫魂。我爷爷指的我爸爸去伙窑端面鸡，刚到当院，地摇了，房里的、窑里的人都惊着出来了，光把我奶奶和我大爸打到窑里了。一家人动手往出刨，窑塌得深，土多的一下刨不开。我爷爷指我爸爸到庄子下面邻居家赶快叫人来帮忙。我爸爸跑到庄子下面，邻居家也刨土救人呢。我爸爸说了我爷爷的意思，邻居家给我爸爸说，娃娃，回去给你家大汉说，我家往出刨人哩腾不开身子。我爸爸十一二岁，一个蹦子跑上来，三言两语地给我爷爷说了。我爷爷喊我爸爸抱来麦草，在院里点了一堆火照亮，家里人没住手地刨。过了一阵，我爷爷又指我爸爸到低下邻居家去看看，邻居家窑门悬着房大的一块土，正支了几根檩条准备往下翻，我爷爷惊得不敢说话，抱来麦草在院里点着火，为邻居家人照亮。邻居家翻动土块，土块压折檩条，滚进窑里，里面呻唤的老奶奶不呻唤了，邻居家放了哭声。我爸爸跑回来，我奶奶刚被刨出来，打坏了。我奶奶的骨殖在院里停好，我大爸在窑里喘声了，咋把我救喀，我听你们救奶奶呢我没吭声，咋把我搭救喀，……我大爸打在窑门过道，过道里外都叫土壅了，过道的门洞没有压垮，护住了我大爸，毫发未损，仅喷了一脸的黄土，活像刚从坟里挖出来的。

2016.7.10

周廷元知事

静宁是一座历史悠久的古城，有成纪文化城，有伏羲文化广场。街道不仅干净，也显得很有文化内涵。

静宁烧鸡＋锅盔，闻名陇上。

早晨先去地震局，知情者已退休，去了兰州带孙子。局领导下乡扶贫，两个文静的办公人员接待了我。我的目的是想在局里了解民国知事周廷元安民救灾的情况，世界粮援组织 U. 克劳斯一行的资料，翁文灏、谢家荣等专家对大地震的调查资料，……她俩为不能给我资料表示歉意。我深感与靖远地震局的冷遇温差太大。

靳彩霞女士可能为了不让我空跑，给我讲了一个有福人的经历。

她说，我听姑奶奶说，张家崖子，姑奶奶的一个侄女没爸没妈，姑奶奶抓养，腊月里就要出嫁，十一月地动了，房顶落下来，压到底下，还睡得着着的。姑奶奶找人找不着，哭哩喊哩地才把侄女惊醒了，从椽棒檩子空里钻出来，问姑奶奶，这是咋了？……

后来，姑奶奶说这个女娃大难不死，必有后福，果然如此。腊月里出嫁了，嫁到了兰州，人家的日子幸福得很。

在县志办，办事人员同样热情，给我搬出县志，我找到了一些我想要的资料，我准备抄写，办事专员立即帮我复印。然后他引我见到县志办侯主任，拉闲拉出他是戴凌云先生的同学。当年我和戴凌云先生同为固原文联《六盘山》文学杂志社编辑。戴先生上海师范画院毕业，出过诗集，现就职《兰州晨报》。侯主任给我赠了一本新版《静宁县军事志》。

档案馆坐落在成纪文化城西北角。

我对程惠萍女士的学问深感敬佩。她的学问没有一点点卖弄，恰恰是在最细微的地方体现出来的。我说了我想查阅与地震相关的档案，她立即去了馆藏室，很快拿来了我要查阅的资料。当我看到 U. 克劳斯当年灾情调查的数十张原始照片，我眼前一热，有些模糊。这是我第一次接触这些真实且珍贵的照片。她安排职员给我扫描这些照片。根据她对工作安排不请示别人，我判断程惠萍女士可能是本馆负责人。但我没有冒昧以馆长职务相称，依然用程老师尊之。

我翻阅《民国静宁县志》，那种书卷气息、墨迹气息，真是不得不赞叹静宁文化的底蕴。

看到《伏羲与女娲》民间传说，觉得有意思，录于此处，与"兄妹成婚生子"说比较一下：

　　静宁南部，古时叫"成纪"。相传在很远

的上古时候，这里只生活着一个安不上名字的女子。她不怕水、不怕火、不怕狼虫虎豹，常常一个人钻进林里去玩，森林里有一个大得没边的池子，这女子总要到池子里洗澡。一次洗罢澡，看见池边上有个几丈大的脚印，便好奇地睡在脚印上面晾身子。一阵儿，她觉得头晕恶心，肚子里边鼓起来了。她正要挣扎起身，不料生下一个儿子娃娃来。这个娃娃便是伏羲。

伏羲降生后，还没张开眼睛，这女子羞得不想活，便一头跳进水池，谁知在水池里又生出一只大蛙，后世叫她"女娲"。

女娲有七十二化，她见睡在池边大脚印里的伏羲，立即变成和伏羲一模一样的人。因为同生在一个地方，就成了亲兄妹。

他兄妹俩不知道生活了多少万年，两个人都老了，很孤单，女娲就对伏羲说："我看咱们用黄土捏些人让他们繁衍接代。"于是，他俩挖黄土，舀池水，一个捏男，一个捏女，一边捏，一边放在池边那个大脚印上。说也奇，一个个泥人都活了，围在伏羲和女娲跟前叫"大大"和"嬢嬢"。从此，成纪一带的人就多起来，一代按一代。

周廷元知事在大地震中拿人民当人民，拿知事当县官，拿自己当灾难第一记录人，自12月16日起，地震一次记录一次，一共记录到800多天，地震终止。由此得知，海原大地震是一个漫长的地震周期。

发现《民国静宁县志》一段相关文字，可作周知事的小传，兹录于此：

> 周廷元（生卒年不详），字定轩或定宣，湖北人。民国六年（1917年）至民国十一年（1922年）任静宁县知事。动思务实，深得人心。在静数年，先在县城办起第一所女子小学，后动员社会各阶层，集股开办罐子峡煤矿，并提倡纺织，解决日常所需。开展植树造林，以改变"三料"俱缺的状况。
>
> 民国九年（1920年）12月16日发生甘肃大地震，廷元"于翌晨出粮于县仓，食无食之灾民，购衣于当商，衣无衣之灾民，取帐篷旗寝于县库，搭盖草屋，居无居之灾民"。并电请兰州河北医院，派遣医生赴静救灾，医疗内伤骨折之灾民，故人心稍安。由于地震，县中各河，悉被塌山填塞，水不通流，居民惴惴，将见震灾之后继以水灾。廷元急捐俸募捐，以工代赈，召集灾民，疏通河道，导水疏流不使

溢绝。工未竣,全国救灾会代表来甘勘灾至静宁,
见疏河工赈,深为嘉许。民国十年（1921 年）
3 月 16 日《字林西报》报道："那里的县长是
个精力旺盛,十分能干的人,对人民是一种真
正的福分。人们对这位官吏充满赞美",……
震后,廷元升调去办理全省地震疏河工赈事宜。

由此,不难理解什么叫县官。

光做政绩工程不是好县官。

馆里的一位老师带我看了一组石碑,其中有块甘肃震灾华洋救济会相关静宁疏河的石碑,碑阳与碑阴文字稀少,几乎磨平,真实记载不得。

在静宁农贸市场,我和好几个老人款闲,他们都记不太起地摇的传说。仅有一老者说,我舅爷往店里送打锅盔的面粉,刚到静宁城西门,地一摇,城门垮下,哗地埋住半截身子,又一摇,哗地把人摇了出来,连一点伤都没受。那是冬哩,还下雪,天气冷得不得了,灾民把门板拆了烤火。静宁有个周知事,听老年人说是个清廉的好县官,他不顾个人安危,鼓励灾民团结自救,把那些震亡的,无亲无故的商民、散民、游民,埋在城东,在那里形成了地摇坟园,俗称乱疙瘩。

海原有万人坟,静宁有乱疙瘩,都是震葬墓地。

静宁县招待所对外餐厅,我和同龄人王兴龙坐到一个桌子上。他先吃完饭走了。我吃完饭,心想回房间窝着难受,不如到门外

散步。出了宾馆大门，王兴龙先生站在门外树下，我过去和他搭话，他说，听口音你不是曹静宁人，你哪里人者？我说海原人。他问我到静宁有啥公干，我说快退休了，自费走访地震传说。真的神了，好像他专门等在这里要给我讲下面这个故事：

我家过去算静宁大户，在县城有十几代了。地动之前，我家是农商集约经营户，不仅有良田，还有烧锅（酒坊）、有养猪场，可以说家大业大。地动那年我父12岁。我听他说，地动的时候，几个娃娃一起游耍，我父亲把自己装进一个宽口袋，地动了摇得在院里挺着口袋翻跟头，还以为是别的娃娃往倒里掀他呢。大房一唰呤摇塌，大汉喊地动了，娃娃们才知道地动了。地动我家无人伤亡，财产损失不大，还放过社饭（非舍饭）。震后，静宁在周县长的指挥下，很快就复兴了。但是，我们家还是败了，在20世纪30年代败得一塌糊涂，两代人败给了"烟枪"。

在我们家，自然灾害远远赶不上人为灾害严重。英国的鸦片麻醉战术，导致多少个中国家庭跨世纪破产，我家就是其中之一。

来静宁主目是奔着周廷元、U.克劳斯来的。能拿到手的资料就这么多，能听到的传说可能也就这么多了，决定走会宁。

据说静宁、会宁两家客运闹帮帮，直通车次当日里极少。

我坐上去界石铺的公交车，路过祁家大山，看到孙家河堰塞湖、七里铺大滑坡。没有下车看一回，给心里留了个纠结，念叨着七里铺孙家河、七里铺孙家河，一直念叨到界石铺。

界石铺是红军长征路过的一个关键地点，红军在此否极泰来，改变了命运。

界石铺是此趟公交车终点站，往前归会宁地界。这里没有通会宁的公交车，两县转运的私营小面包车也收车了。

与我同行去会宁的一个中年人，他向静宁司机打听去会宁还有没有车，静宁司机二话没说，马上拨通会宁司机，联系到会宁还有最后一班公交未到清江驿，两县司机的私交还不错。

下午六点多，界石铺处在多云的天空下，一派见过世面的大自然。静宁司机加速往青江驿奔驰。

坐在车上，看到庄稼人在麦田，选拔成熟了的麦子，然后码起来。麦码在西海固现在很难见到。西海固春寒、春旱，做了种植结构调整，方针是"压夏增秋"，土豆成了主粮。

路边零散的收割机被我们的车超过。我问中年人，收割机收一亩麦工价多少，他说80个元到100个元。我问现在还有麦客吗？他说人工工资比机器工资高，雇麦客一天得花100多个元，割得还没机器快，还要管饭，麦客少见了。

新修的312国道，路面平稳，弯道适中，坡面缓和，司机开到120迈，像坐着一股风飞到了清江驿。

在若干年前，在沙石公路时期，我的直接体验，公路进入甘肃界内，汽车的颠簸马上消缓。

2016.7.12

会宁的几位学者与清江驿

今早我到会宁县地震局扑空，没有得到有关大地震的片言只字。一头蒙到县志办，七八个人的一间办公室里，座无虚席，有说话的，有打字的，键盘声似乎是在落实说话声。我介绍了我的身份和搞干，一个背对我码字的中年人，扶了一下近视镜，回首观望，然后起身给我让座。里面坐得满满当当，哪里有位子呀？我这么想时，坐在中年人身后的一个年轻人腾出他的办公位置，让我坐下，说他去其他部门办事。中年人又问了一遍我的身份和搞干，介绍了他自己的姓名——张克靖。他让我等待 40 分钟，他回家拿些和大地震相关的资料。我内心发热，又遇到一个友人一般的热心人！

张克靖先生出了办公室，另一个精干的中年人给我拿出两本《会宁县志》。我翻到了和海原大地震相关的篇目，我想复印，一个年轻人过来，按照我的需要去做复印。一个女青年给我倒了一杯开水。我被这个办公室的热情感动的有些热泪盈眶。自接触到海原大地震田野调查以来，深入地震带两个月了，多亏遇到张先生这样的热忱人帮忙，使我越跑越深，想半途而废都不可能。每一个叙说者，每一个资料查阅者，每一个帮助者，都是我坚持访谈下去的助力。

40分钟——在随意翻阅县志的节奏中，键盘滴滴答答的节奏中，不知不觉到了。张克靖先生提着很沉的一个袋子，气喘吁吁地进来。我合上有关民国十八年会宁县遭遇大饥荒的那一页，期待着什么。不是有"眼前一亮"这句激动人心的话吗？我看到他从袋子里掏出《王烜诗文集》上下卷，真可谓眼前一亮，这就是静宁程惠萍老师提到的那卷书。怎么这么好的运气，真像是老天爷安排的。那里没有得到的，在这里必然得到。我还没有拿到手翻上一翻，他就拿着书，按照他早就夹好的纸条开始复印了。

在张先生复印期间，我翻看《甘肃历代地震史》，可考的震史，自周幽王二年起，民国十六年止，二千七百余年间，震志记录了四百四十一次。张先生复印到民国地震一节停下念道："民国九年（公元1920年）十二月十六日酉刻，甘肃全省大地震，山崩地裂，人民压毙二十余万，牲畜数十万。被灾重者三十余县。东路会宁、静宁、隆德、固原、海原为最重，城垣均塌。静宁祁家山倒入长源河者七处，水溢道路不通，会宁自清江驿响河至静宁抱龙川卜五里桥，都为崩山压没，交通断绝。宁县、镇原次重。定西、平凉、崇信又次之。南路天水、秦安、伏羌、通渭、清水五县最重。通渭房倒塌十余万间，人民死伤一万三千有余，山崩了八处，四岘山、侯家山更甚，修复半年始竣。陇西、武山、两党、礼县次之。北路靖远为重，城垣倒塌。宁夏中卫次之。西路较轻，兰州及皋兰次重……。凡地震先期有预兆，多见山头夜间喷火，井泉水溢。此次地震英国米尔纳地震记录，为世界大震之一……"

下班时间到了，张先生的同事给我留下友善的微笑，逐个回家。

张先生好像没有察觉已到下班时间，他仍然复印了《甘肃省华洋赈灾救灾会会宁县疏河修路记》《甘肃震灾华洋救济会静宁县疏河记》《甘肃震灾华洋救济会通渭县疏河记》，以及他手抄的赈灾碑文。他又把他手抄的复印件逐字念给我听，然后把所有复印的资料，有序地整理到一起，交到我手里。

我拿着那一沓沉甸甸的复印件，我对张克靖先生充满敬意。

十二点过半，我约他出去吃了便饭，他问我饭后去哪里，我说去清江驿。

太巧了，你的运气太好了，我的一个小我20岁的弟弟在张家川扶贫，他开车拉我到庄浪，正好可以把你带到清江驿。

我与张先生，离开了装满红军故事的会宁城。

车上，张克靖先生给我说了一个他家经历地震的细节，他家住在会宁张庄乡，他爷爷1909年生人，他听爷爷说，我家的个高房摇塌，一根檩子散下来竖着顶在高房底座尕窑窑门上。早晨太太起来，拉开窑窑门，叨叨咯咯地问，谁把车轴立在门上了？地摇动劲那么的大，太太睡着不晓得，上院里的人摇着跑到下院里、从下院里摇着跑到上院里，太太一概没听着。太太住的窑窑是高房底座，窑的空间尕，窑帮子宽厚，窑顶子修得非常坚固，因此没摇塌。

张克靖先生让他的小兄弟将车顺路停在清江驿五里桥一家大

门前，他下车叫门，出来一位老者，他迎上去以"老者"尊称，问了几件事，老者都知道。他把我不但介绍给老者，还嘱托老者如果天黑就让我住下。跨省调查地震灾难传说，有这样的知心人帮助，可以说我通过张先生理解了会宁。

我没说的。老者笑答。

张克靖先生高兴的样子就像自己发现了某段秘史。

我知道你干的事和我干的事都可随遇而安。张克靖握住我的手说。

多谢张老师。我再夸你一遍，你是个不同寻常的人。我说。

我能理解你的工作难度。我同样遇到过不少好人。帮助你就是回报天下的好人。

张克靖先生和他小兄弟去了张家川，老者礼让我到他家里。

老者，王正礼，77岁。行动自如，反应灵活，记事准确，叙事清楚。他说，我家老人不说自己的苦难经历，我光听说狗、鸡突然不叫的时候地动，山下来压着里头了。跑脱的人没穿一针一线，冻亡故得多，北风雪渣子盖了。我父亲弟兄七口，留了兄弟二人。是哥哥拖着弟弟蹾（bié，受惊时的跑姿）出箍窑逃脱的。

哥哥拖的那个兄弟就是我的爷爷。

土先生给我讲了另外两家的地震经历：

有一个姓黄的老汉，震后迁到定西，每隔几年，清明就回来上一次老坟。老坟里埋的多数是地震打毙的亲人。黄家老汉家甲摇得家没家，人没人，一到西公驿就唉声叹气，上了清凉山，眼泪揩不干。

庄里还有个王家老汉，和黄家老汉小小耍大的。

黄家老汉有一年来上坟，连王家老汉拐指头（用中指角力，又叫拧花儿），黄家老汉输给了王家老汉，有些不服气，自己嘲笑自己说，我叫土没壅死，叫你把我拐死了。

王家老汉接住话把说，山把我摧了二里路没摧死，你能拐死我？

我一听有些蹊跷，怎么叫土没壅死？我就问，黄家爸、黄家爸，咋么就叫土没壅死？我才知道黄家老汉地动了关在窑里，自己从里往外刨了七天才刨出来，十个手指头刨得破破的。

我又问王家爸，怎么叫山没摧死？王家爸给我说，他家住在大墩墩梁东面后湾里的半山坡上，老汉在场上正要装扬干净的一堆糜子，地摇了，摇得老汉在地皮子滚过去滚过来，一堆糜子跟着老汉翻过去翻过来，地皮子一直没有摇碎，老汉和糜子始终在一搭翻滚，好像坐在一个糜子的魔术毯上，从后湾里翻过山头一直摧到沟对面南山坡上的王湾。一路上老汉也没喊，也没叫，直到滑脱的山停住，坐在糜子堆里，才开口说了一句话，造化不该死呀，把我摧了这么远还活着呢。

王家老汉站起来看四下，这到哪里了？……猛然听到旁边还有娃娃号呢，顺着哭声找过去，一个娃娃头爹在土的外面，身子埋在土的里面，哇哇地叫唤，老汉赶紧刨出夹在地穴的那个娃娃，一看是王家雇下的放马娃娃。老汉有伴了，拖着放马娃娃上到梁顶，点了一堆火，一长一幼轮之换之地嚎（声嘶力竭地吼喊），失亲的孤人，一个一个跟着喊声来了，这些人除了眼睛浑身到处淌的是土，咋恓惶、惊恐地抱住就是哭。这些人搭起茅庵一起生活，找来吃的一起吃。

王先生说，五里桥人现住的多是占业。早前的人地动打光了，后人谁来谁占地盘。不过都不贪心，够用就不占了。

然后，王正礼先生带我去看地震滑移了几百米的西兰大路（西安至兰州）遗迹，路的位置还在。他说还有两棵随着公路一起滑下来没有摇倒的左公柳。U. 克劳斯《在山走动的地方》记载了这个时景。他带我去看记载地震救灾石碑的立碑地方，出门他指着北山滑坡遗迹，攓着王家老汉走滑了二里路的山说，就是那座山坡滑下来塞住了河沟，形成了清江驿堰塞湖。

我们找到立碑的地方，是十几平方米大的一片荒地，看古有的方向，应是西兰大路通过的地方。硬磙（木轱辘）马车碾的车辙，长满茂盛的灰条。救灾碑"文革"间打了两合磨，碑座做了磨刀石。

老者告诉我，堰是洋人挑开的，碑是洋人立下的。那时洋人给民工发的是麻钱，一百个麻钱换半块白圆。

王正礼老者说的这块救灾石碑，应是《甘肃赈灾华洋救济会会宁县疏河修路记》碑。碑子毁了，碑文还在。

这块碑文和四个人有关联，说起来多少有些曲折，我先由近往远说。

上文提到的张克靖先生，从2000年开始追寻这块石碑，在清江驿五里桥，只找到了石碑做的一合石磨，下扇文字被起打了磨齿，只字未存，上扇磨盖还留有碑阴文字："华洋救济会董事会"

办事人员、撰文的姓名。

幸喜的是张克靖先生，打听到本村王宝忠老师存有该碑手抄碑文，他登门拜访，从王宝忠老师手抄存稿，继而转抄。

王宝忠老师手抄存稿也不是誊于石碑，是1982年8月5日，他于清江驿周耀祖先生私宅"抱冰室"抄录的。录毕，并作如下按语："劫后残余，所存尚幸。"意思碑子毁了，碑阳文字还在。

周耀祖先生抄录碑阳文后的按语："一九五一年十一月 录于五里桥。行经仓促间，碑阴所刻在会办事人员及撰文姓名均未录及。"

正好，当张克靖先生抄录的碑阴文字，与王宝忠老师从周耀祖先生转录的碑阳文字合到一起，这块石碑阴阳两面的文字拼凑齐全，实属大幸，兹据张克靖先生手抄稿《甘肃赈灾华洋救济会会宁县疏河修路记》碑阳文字完录于此：

中华民国九年冬十二月十六日酉时，甘肃大地震，兰山、泾源、渭州、宁夏各道属，山崩地裂，庐舍塗地者，广袤千里，死人二十余万，伤者无数。英国米尔纳地震记录所测，泾源道属为发动地，实世界大地震之一云。于是甘人士亟起呼号振救。受灾奇重者，厥为海原，而崩山塞河，为地方钜患，则莫大于会宁清江驿之响河。考河源发县之小山脚，过清江驿，会石峡堡河，入静宁抱龙川。震后，河上流北三山倾入水道，并覆没下五里桥及河岸大道，交通为之断绝者累月。而河塞流涨，势将崩溃，劫后孑遗，虑将惟为鱼之痛。呼吁无门，闻着心悸。是事北五省方苦旱，中外人士群起赈济之。有华洋义赈会，有国际统一救灾会，皆募款焉。适甘地震灾闻京畿，于是仁人义士更思有所以振之。而皋兰柴君春霖（1888年—1951年，字东生，兰州柴家台人。清华学校毕业，留学英国威斯康逊大学，获政治经济学硕士学位。任北京高等师范学校、北京政法大学教授。一九二〇年甘肃大地震，在北京募款救灾。任张掖县知事、河南省财政厅长、立法委员等职。卒于台湾），在京与统一救灾会谋所以救甘灾，统一会遂派干事美人赫·约翰等来甘调查，时已十年二月。柴君亦到甘，与中外人士共组华洋救济会于兰垣。及赫·约翰由固原至静宁，见其以灾民疏河者，深以为得工赈意，举以告兰会，会中亦以为当务之急。然以工程之钜，办事之难，款项之绌也，遂由会竭力集款，而设工赈处于清江驿，置华洋总办，以前兰州福银教士安君献今、前静宁县知事周君廷元（1886年—1956年，字定宣，湖北咸宁县人。甘肃法政学堂毕业。同盟会员。任静宁县知事、宁夏省政府参议等。一九五三年任甘肃省文史馆副馆长）任其职，驻灾区董厥事焉。编工程团，招民夫得千余人，举锸成云，挥汗如雨，于高崖深谷中，以铲山之颏，潆水之淤，首从响河始矣。此河底距地平线深约三十丈，而崩山在地平高二十丈。其压河道者，长二三里，宽亦里许。于此而以手足之劳程，其工讵不难哉？幸而在事之人，策励于上，劳力之夫，勤奋于下，自夏徂冬，功以告竣。计潆河深三四十丈，上宽十余丈，下狭亦三四丈。作叉形，免倾塌也。河口成八字形，劳植树木，虑冲溃也。河左侧开大道里许，并修复上游桥梁，便交通也。于是居民安枕，行旅称便，而钜患以弭。是役也，上工之众，筐筥畚锸绳索之费，其钜大诚陇上千百年来所未有，而中外人士提倡义举，输助巨资之热忱，及工程人员之黾勉从事，均不可以不纪。即在本会费工钜，縻款多，亦以此河为最。茫茫浩劫，天实为之。而吾侪乃以人力弥纶于其间，虽云补救，亦几希矣。然于一方，则不无福利。此世界所以贵人为也，此人之所以宰制此世界者也。能不勉兮？爰于毕役之日，用志颠末，昭示来兹。其在事诸人名氏，例得书后，列诸碑阴。

周耀祖，民国时任某乡乡长。国民党给各乡下达捉兵指标，周乡长带人没有捉到一丁，副乡长却捉到一丁，让其当向导，追捉躲起来的壮丁，该丁不从，副乡长命其手下脱光衣服绑到木桩拷打。周乡长气愤至极，放了该丁，然后辞职。据他后人讲，周耀祖先生一世钻研学问，刚正善良，干不了昧良心的事。新中国成立后参加教师队伍，留有诗文手抄本。

由成全此碑的过程可见，会宁学者不分先后，治学精神的一贯。会宁能成为全国高考状元县，这种文化精神影响深远。

昨天过了清江驿，今天又来了清江驿。

天空阴云来了。我走进清江驿小镇，街道的长就是东西两个城门的长。可能由于天阴的原因，街道上冷清。在一个小卖部门前坐着四五个人，年龄预判不到古稀。我问清江驿堰塞湖的事，其中一个长者说，清江驿堰塞湖怎么形成的不知道，听人说，洋人发现堰塞湖里有个金马驹，就花钱雇人挑开堰塞湖，想捉住金马驹。湖水淌干后，金马驹不来了，只有澄下的堰滩。

雨来了，镇外的公路已在雨中朦胧，雨滴打响公交车站点等候亭的铁皮。我立在等候亭檐下，雨滴在铁皮上摔碎，聚成豌豆大的水珠滴下来，砸在脚尖前的水窝。等候亭后面一家小卖部，屋檐水成串滴，连续不断。

雨中，公路变得迷茫，此时，我真的感觉到没有着落！

一个小车冒雨驶出镇子，越过公路，溅起公路上的雨水，停到等候亭侧面。司机问我走哪里？我说走定西，他说他只到太平店。

然后，我撑着雨伞走过去，他摇下玻璃和嘴巴持平，我俩一个在车里，一个在车外，开始款闲。没有款上几句，他告诉我他就是周耀祖的后人。他的身份是农民，为让后代明白前人做人的标范，他自费出版了父亲的诗文集。据他说，清江驿原名清家驿，清朝的一个官驿，城周长 1.5 公里 90 步。地震形成堰塞湖后，改名清江驿，城墙震毁。清江驿现写作青江驿。

清家随着改朝灭亡，驿站的功能随着换代消失，堰塞的清江也在 1921 年导通，响河河道疏浚恢复原状，堰塞湖沉淀的堰滩已成定然。

他陪着我款闲，直到末班公交车带着雨哨驶来。

车上就我一个乘客，我问公交司机，到会宁车站能不能赶上去定西的班车。他看了一下时间，说很紧张。然后他就开足油门，雨刷哗哗摇摆，一路未停，直接送我进了客运站……会宁人的热情，在我体会中又进了一层。

2016.7.13

说"尕"的定西

通过两个半天的走观，定西饮食口味包容性强，既容纳了兰州、河州、西安的输入性风味，又有醇厚的当地味道。定西人好客，情感把握分寸拿捏到位，示真诚，敬尊重，不随意，不假意，做事交往的原则与风格，与商贸古路枢纽分不开。定西人的抬脚动手，使你能感受到藏而不露的武风。秦腔在定西亦是深入人心，着装亮相，一看不是草角。定西人口头常用字——尕，从尕字推断，定西人看待生活的视野。

我带着我的目的，在路人的指点下，坐9路公交车到了定西新区。我花了一块钱，省了十几块。一个低收入者要办成一件事，节省开支应是着先考虑的。

我敲开地方志办公室，言明来意，张主任急忙帮我找资料，小牛劝我不要拘束，给我沏茶。他不是一冲就得，而是来了点茶道程式：一冲、再冲、三冲，茶水添至杯八分，双手捧上递给我，我感激地站起来双手捧接，他说，老者，你放轻松，慢慢嚯（喝）。

我和张主任翻完资料，我要告辞，小牛把我强留下，天热得很，这杯茶喝尽了走。

尽——不是一次喝尽茶水，而是多次续水喝尽茶叶的味道。

我心中暗赞小牛的好心意。这种心意不是即兴的，而是日久的修养。

在定西我没有访问到地震传说，我走向通渭。

定西至通渭高速相连。掠过华家岭弯道警示牌，山体遍布地震形成的筛孔，醒目无比，让我看了又看。

2016.7.14

精巧的通渭

到达通渭，时已过午，毫不犹豫地先选择了住宿。

宾馆里面的配备巧妙，且顺眼、顺手。总有一种感觉，在江南的宾馆住宿，看到一些巧妙的用品设备，就想和陇上的精巧工艺联系起来。

街道小贩生意充满生机，坐地商行亦是红火。特别是卤肉，遍布每条街道。荞面食品有削片、圪垯、油旋、摊饼、酸棒棒等，花样繁多。脑子里第一个印象便是——豪迈的甘肃，精巧的通渭。

我在宾馆门口随便找了一家饭馆，空间不大，里面吃饭的人没有那么拥挤，四张饭桌上都坐着食客，有吃的，有等的。

老板忙着做饭，食客就帮着招呼客人。我进去寻找合适座位，一桌食客招呼我坐在他的对面。他的饭已吃去大半。他问我想吃啥饭，我在饭谱上还没看好，他说如果喜欢吃汤汤水水，就要个鸡蛋面。我点头。他一手拿着筷子，一手压着碗边，回头向取饭窗口喊道，一碗鸡蛋面！

女厨的面孔在取饭窗口探了一下，她一眼找到陌生食客，一扫眼就消失了。

对面食客吃完最后一口面，喝干瓶中啤酒，问我来通渭做啥生意，我两人款了起来。我的话去，他的话来。他叫王胜义，王家坡人。他说，有一年我在庄后取土，挖出一个娃娃的骨殖，完完整整的。我奶奶对我说，这是亲房家的娃娃，民国九年地摇，嚇楞楞一响，亲房家老婆子跑出去看，这啥嚇楞楞的响呢，跑到麦场一回身，山没了，忽地下来，庄子里的房子挨齐埋了。这个老婆子的三个娃娃埋到里面了。她家男人地摇前就不在家，地摇后也没见回来，这家人就剩了这老婆婆一个。

我奶奶说，我们老庄子正好坐在一大块石板上，前后两道院。前一道院低，后一道院建在两丈多高的坎子上。前一道院进入后一道院，有门道，有台阶。

头道院里，有两座房，西面的一座一般的土木结构，没住人，摇塌了。北面的一座是石头扎的墙根，住的是我祖爷老两口。地动时我祖爷睡在炕上没动，我祖奶奶跑呢，我祖爷嚯了一声回来，我祖奶奶腿一软，坐到了我祖爷的脸上。这间房没有摇塌，光把后墙揸（zhā）出了指头粗的几道缝子。地摇了几年呢，祖爷爷、祖奶奶就住在这间房里，没往出搬。

二道院住的是我奶奶和我姑姑，我姑姑一岁多些。先一边动时房就摇塌了，檩条插进炕洞，把奶奶和姑姑带进炕洞里，奶奶躬住脊梁护住了姑姑。二一遍房上的瓦下来，打伤了奶奶的双脚和腰。奶奶抱着娃娃黑摸着挣扎着爬出炕洞。奶奶吓得眼睛啥都看不清了。

我们家有个油坊，推油、榨油在很大的一个崖窑里。地动了，我太爷和我爷爷从崖窑里惊出去了，崖窑抹了，油坊埋了，一看整个庄子叫山压了。太爷指爷爷回家看一下，他从崖窑里往出刨推油的牛。爷爷跑回家里一看，祖爷爷住的房子没有摇倒，也没被走过来的山盖住，祖爷爷和祖奶奶还在炕上睡着没动。跑上二道院一看，房子摇平了。爷爷就喊奶奶的名字，爷爷听到奶奶应声的地方，寻过去奶奶抱着姑姑，就差一步从二道院的高坎子跌下头道院了。

人没有折（shē）耗，爷爷赶紧返回油坊，替换太爷往出刨牛。刨了人能进去的一个洞，爷爷就钻进去了，牛站在怀窑里淌眼泪。爷爷从洞里爬出来，牛紧跟着从能钻过一个人的洞里也钻出来了，谁都不相信。人刚出来，牛刚出来，地又大动，刨开的那个洞又壅住了。

太爷和爷爷帮别人家往出救人。救了几天，实在没希望了，爷爷回来挖开自家油坊，里面榨下的油清汪汪的，两口袋胡麻籽好好的。

我家人都完好，牲畜也没打下，羊受了损失，但还留下了十来只，真是幸运。

王家坡把十几户人关到窑里了，至今没有后代往出挖，也没后代上坟。

王胜义先生拾荒人，他给我端了一杯姜汤，让我等饭，他要去忙了。

2016.7.16

地动中的婚礼

下午，我去通渭县志办找大地震相关资料，小阎、小曹忙前忙后。我们坐下来款闲时，小曹说，我家在碧玉乡阳屲村，是通渭与秦安互通的一个驿站，山走了，阳屲村埋了。有个小脚老奶奶坐在一片走滑的山头，就像坐在魔术毯子上，呜地从阳屲弹起来滑到阴屲。老奶奶站起来喊着找衣服，说冻死了。

好多天后，有人经过阳屲还听到驴推磨的声音，吓得逃了。几十年过去，雨水冲出了人的白骨、豆腐磨子、盆盆罐罐。

小阎听一个同学的奶奶说，华家岭村有一家人，十一月初七，给儿子办喜筵呢，天黑了一些亲戚走了，一些住下了。和新女婿新媳妇一辈的，都挤到新房里操习新媳妇。比新女婿新媳妇大辈分的，坐在上房里款闲。家里的老奶奶睡得早，领着一个孙子睡在一个小房子里。院里闹嚷嚷的，孙子睡不住，溜着出去了，奶奶一个人睡着了。门一下连抬带晃地吼开了，奶奶惊着醒来以为是操习新媳妇的人来睡觉了，跑去开门，咋开也开不开，奶奶才明白过来是地动了么。奶奶记起孙子了，用力往出推门，墙朝外倒下，檩子掉下来打破了奶奶的头。奶奶满脸糊的血，站到院子里一看，房子平了。她喊新女婿的名字，一声比一声喊得忙，新女婿没有答应。她喊新媳妇的名字，也是一声接着一声，新媳妇没有答应。她抹掉脸上的血，地又动了，老奶奶栽跟搭头站不稳，一直趔趔趄趄地到新房跟前，站下了。……她听到她的孙子喊奶奶，搬开几页胡墼，她的孙子爬出来了。这一家就剩了奶奶孙子，参加婚礼的亲朋、邻居与新女婿新媳妇一起打坏了。

那一次地动时间长很，经常会出现地裂，动不动就有人陷进地穴毙命。老奶奶害怕跌进地穴，在场里斜哩、横哩搭上椽子，奶奶领着孙子铺的麦草、盖的麦草，睡在椽子上。

2016.7.16

鹤亭先生

通渭文化广场，几个老者指点着告诉我，通渭县城北面的大营、二营、三营，三座连在一起的山头，地动时从山的那一面翻到山的这一面滑走了，虽没有形成堰塞湖，北面山根的河道逼到南面山根改道了。特别是三营，山体走滑下来压了东关市场一带，埋的人很多。

周尚人，86岁。他说，我家的窑在三营那座山下，山走了，窑跑了，我太爷抱的我父亲，从窑里泼了出来，我的两个姑姑捂在了窑里。

他不肯告诉我姓名，我据他的口头禅暗呼他为"呶哒"先生。他说，我家过去半农半商。耕种收割时去乡下，除此在城里做生意。我父亲七八岁时地动了，我父亲说城里的房子四面墙壁散了，顶子飞了，我父亲觉得奇怪，抬头一看满天的星星，低头一看满地的星星，他以为天塌到地上了，跑过去看星星，双脚踩到炕洞喷出的火堆里，烧烂了脚片子。

我父亲说，我奶奶住在乡下的窑里，靠窗子的地方有个放灯盏的窝窝。那时灯盏有个长杆杆架子，大约一尺高，灯盏窝窝顶高接近二尺。我奶奶点着灯盏做针线，地摇了，灯盏栽出来灭了，奶奶钻进灯盏窝窝救下了。奶奶跑到城里一看，房子塌平了。

呿哒先生给我推荐了他的岳父，我依照所指路线，找到南河村李宗皋老者，字鹤亭，96岁，中学文化程度。我从院门进去，他就牵着我的手到了上房，要给我去找烟，我婉言谢绝。他说，地面裂开缝子，冒出黑水，房翻了滚滚，一伙复清会的在房子里打颠倒（睡觉的一种方式），连同房子滚到地穴里了。鹤亭先生让我留个名，我在他取来的一个小小笔记本上，恭敬地留下我的姓名、单位、手机号码。先生拿着笔记本，凑在门口射进的一缕阳光，准确念出了我的名字。曦——许多打交道者皆以"義"呼之。我请他在我的采访本写一句话留念，他提笔思索一阵，完整地默写了李白的《静夜思》。

鹤亭先生收笔时说，灾难的起源都是人把人太当人引起的。从宏观世界观察微观世界，从微观世界仰视宏观世界，宇宙和心灵是有感应的，人的呼吸和天体的呼吸同是一口气。

我从内心敬仰老人家的学识。

鹤亭先生坚持送我到院门外，我鞠躬道别："请先生留步！"

鹤亭先生抱拳："先生，慢行！"

心得：课堂知识、书本知识、生活知识，都是从自然知识支来的。

2016.7.17

谦而不虚

我告辞了李鹤亭先生，在去车站的路上，突然想起，老者正是民国九年大地震出生的，我正欲回头拜访，又收住了脚步，老者虽是经历者，尚在哺乳期，他说的那些足够了，不去打扰为好。

定西市举办武术比赛，各县少年，英姿勃勃齐聚通渭县城。武术少年手持的习武棍棒，精细到艺术品地步。

通渭曾经给我的印象，是 20 世纪 60 年代时，有通渭人逃荒到我村庄留下的。以为通渭是个贫困地方。

通过这次访问，通渭的现实完全教育了我。通渭人文关怀程度极高。可用一个细节加以佐证，在每一家平常饭馆就餐，都能喝到免费的姜汤。冬天驱寒，夏天降暑。

通渭，谦而不虚。

我在车站门口就着罐罐茶吃了两个荞面油旋，进站去坐通渭发静宁的班车，我才知道我喝罐罐茶把车耽误了。站里执勤的一个女安全员，问明情况，一个电话拨通，发往静宁的班车已经出了通渭城。安全员极其简单说明还有一个去静宁的客，那车在某地就等了我。安全员领我出站拦住一辆出租，向司机交代好地点、票价，司机没打折扣，一路赶去。

我头戴西洋草帽、膀着双肩包、背搞如意手鞭、手持雨伞上了班车，全车的乘客看我，可能有些生气。我脱帽俯首向全车乘客致歉，对不起，耽误大家行程了！他们见我也是一个白发的老头，就没说啥，收回自己的目光，班车起步了。乘务员给我腾了个靠前的位置，安排我就座。

我没有打瞌睡，车外的地貌令我难安。海原大地震滑坡，从通渭头营算起，经陇山、龙川、新店、甘沟，到静宁葫芦河流域，一路显现。

不走通渭至静宁的这条路，连不起海原大地震重灾区。

2016.7.17

李俊堡海子

大雨在早晨六点开始往下落了。

八点，路面雨水成河，我打伞来到静宁县地震局，上次没有找到资料，心有不甘。我和地震局的人员款闲，无意中得到七里铺孙家河堰塞湖石碑失迷 90 余年又被发现。我觉得总算有些收获。

珠子雨从天空撒到地上。

赶到静宁博物馆门口，一双鞋子浆饱了。我在门外拧出鞋里的水，走进登记室，一个女管理员很有礼貌地问清缘由，让我登记，带我到三楼展厅，却没有找到那块石碑的拓文。管理员让我在二楼客人休息的过亭坐等，她去汇报情况。然后，我听到他们在办公室里查找拓文的对话与翻阅声。一刻之后，管理员告诉我，此碑文没有拓片，馆领导同意我察看原碑。快一百年了，又经过特别的时期，那些石碑说没有就可以没有。我离开长条椅要跟她走，她又让我稍等，说她去把藏碑的地拖一下。等她做完拖地工作，带我到藏碑室里，地面干净的不忍心落下泥脚。孙家河堰塞湖石碑完好，可惜碑文没有多少字可辨。不过，我对博物馆工作人员充满感激之情。

夜间，我翻阅会宁张克靖先生复印的资料，从中发现了这块石碑的碑文，现录于此：

《甘肃赈灾华洋救济会静宁县疏河记》

静宁县西三里有长源河，俗名苦水河。按旧州志所载，源发固原须弥山，流入静宁界，由北峡绕城而南七里与甜水河汇焉。民国九年冬十二月十六日酉刻，甘肃大地震，泾源道属尤烈。静宁城垣颓坏，村市为墟，人民覆没万余。县西祁家山崩压入长源河上流水道者凡七处。其西北曰七里铺，稍东曰孙家沟，与之比连者曰张家嘴，又东曰土公寨，其迤南曰米家垴子，曰韩家垴子，又南曰一锹土山，累累阻水，使不得行。来年春，冰消流涨，积成渠泽，将溢，为居民患。本会为救灾防患计，于是首议及工赈先是静宁周县长廷元，以河塞为忧立工程团疏瀹之。适北京国际统一救灾会方办北五省旱赈，以甘人柴君春霖因震灾请款，遂派其干事美人赫约翰君来甘调查，见静宁灾民疏河，以为得工赈意，函告本会，会议可决，遂从事焉。时周君调任皋兰，亦来省，与前兰州福音教士英人安君献今共董其役，鸠工大举。平颓山之

高，潴汗河之深，以兴吾人舒泛滥患。计一锹
土工最钜，水道长九里许，土公寨七里铺次之。
其余四处工较小。自夏徂秋，次第告藏事。都
计土工若干，开河道长以丈计若干，宽若干，
去崩土高厚若干，于是兹方劫后孑遗之氓，安
其心而乐其业于田畴陇亩间矣。既毕役，爰志
厥始末如斯。

民国十年秋九月甘肃赈灾华洋救济会立石

雨滴打起满街的水泡，沸沸腾腾，白花花的。

甘肃的静宁——宁夏的西吉，每隔半小时就有一班车。

一路听着雨打庄稼的声音，也感觉到是对自然的欣赏。

午后到了西吉地界，公路明显上了等级，可达一级标准。西吉兴隆乘车点上来一个女乘客，她没坐定，就拿出手机给大家传阅当天习近平总书记在将台堡视察的视频。习近平总书记的声音，通过手机，在车厢里萦绕："……我们这一代人要走好我们这一代人的长征路。"

我到将台堡，习近平总书记刚刚离开。我看到红军长征会师广场，还有很多人淋在回味的雨中。

我在西吉看望了兄弟一般的魏凯。他在班上，我没去叨扰，他电话里说晚上请我吃个便饭，带一瓶酒。我在电话里说，馆子一般就行，酒一瓶不够，得两瓶。他在电话里解释说，老哥你要服老呢，喝多你背荷不住。我说这么长时间没见面了，才喝一瓶

酒呀？到了饭馆，他果然带了两瓶酒。我掏出酒鳖，他呲哌一笑。他明白我的意思，拧开一瓶酒，帮我灌进酒鳖。

晚上，他给我登记了一家能洗澡的宾馆。

第二天一早，魏凯兄弟找了便车，沿海静公路经火石寨旅游区带我到海原县李俊蒿内。他说能给老哥省两个是两个。

蒿内村沟口出来，过到公路南面，就是当地人叫了将近100年的李俊海子。这海子就是1920年海原大地震形成的堰塞湖。蒿内东首是南北走向的马儿山，这头扎在李俊海子，那头浸在蔡祥堡河道。

1976年，我们海原农村规划组，到李俊公社测绘田、林、水、路综合治理蓝图，就听猫儿沟队队长说过，马儿山海原大地震后，从内到外，都是损的。他打比方说，马儿山就是长了草的一包灰。从蒿内到猫儿沟，临公路的坡壁，经常塌散、走滑，石膏滚、流沙落，阻塞道路，大块石膏成吨重。

蒿内、马儿山与海子之间，原来那条潘西公路，砂石已被柏油覆盖，加宽、延长为海静公路。须眉山石窟、马儿山震崖、蒿内堰塞湖、火石寨喀斯特地貌，都在这条路上。

蒿内沟口西首，有几处鱼塘。塘边停着几辆小车和几辆摩托，垂钓者坐在池塘边上钓鱼。河道里清爽凉快，垂钓无须打伞。

鱼塘对面是滚圆的南山，碧绿的野草间，偶现灌木丛。海子水面收紧，大大的堰滩水草茂盛，大有风吹草低见牛羊的风景。

1976年，翟履渊师傅打发我去包堡测绘平面图，那天中午路过李俊海子，蒿内里的一群泥娃娃在水里适量（挑逗）我们下水比一比。我们师兄师弟几个，忍不住进到海子里。泥娃娃们告诉我们哪里可去，哪里不可去。他们明确地给我们指认了"海眼"的地方。我清晰记得，有海眼的那坨水，圆如缸口，颜色浓黑。今天我没有看到印象中的海眼。我估测，海子水域面积和40年前我见过的相比缩水约在2/3。首先，那年没有看到堰滩，看到了水里的鱼群。今天看到了堰滩，看到了堰滩吃草的牛群，还有分片生长的芦苇、毛蜡。

我踌躇不前，一个拿着钓具的男人和我相遇，他叫姚刚，64岁。他听过自我介绍，知我是多罗堡人，便没有了任何障碍。他毫不犹豫地说，我家祖上一部分家园在现海子南面的河畔，一部分家园在海子北面的蒿内，南庄和北庄斜对的中间是脚下的这个河道，那时候也是大路，也是过街。南面庄子，面河背崖，有几个很大的崖窑。窑前是麦场，麦垛齐崖高。崖上是一片生长了几十年的白杨树林。我的一个叫姚聚忠的爷爷住在这里，爱马如命，在南山养了十几匹骏马。十一月初七晚上，老汉骑着马赶着马群经过白杨树林回到家里，马不进圈。老汉追着马绕着麦垛转圈，家里人帮着赶也没赶进圈里。老汉担心马脱圈，就喊家里人回去吃饭。自己跟着马转。

马忽然惊慌地叫了几声，一眨眼，马儿山飞沙走石，比山头还高的土浪，一个黑坎，由北山腾空飞到南山爆落，白杨树没了、麦垛没了、庄子没了、崖窑没了、马没了、过街和路都没了、河道没了、当空里飞着一个人、河川里忽地起了一道梁……海子出现了。南山那个庄子淹没在海子的下面，光不是老汉家十几口家眷打绝了，全庄子仅仅闪脱了我姚聚忠爷爷一口人。他被土浪扇起，落到壅住河道的墟土上活下了。

我的一个叫姚聚业的爷爷，家在蒿内这面，住的是房子。这一家打坏了爷爷的妈妈，爷爷的一个女人，爷爷的两个妹妹，爷爷的另一个女人从屋里跑到院里，房担从身后发过来击毙。

听老人说，海子聚水后，里面有个金鸡赶着金马驹拉着金车车的宝器。一到夜间，北山下来一面镜子，南山下来一面镜子，两面镜子在海子中间相会，为争夺宝器打架，一会儿在半空里一会儿在水下，打得不得开交，东方白了就停手了，各到各的山上。听老人说，翻过年时节，洋人为了盗得宝器，放了海子里的水，宝器走了，洋人落空了，堰滩上长出了麦芽。秋后又大摇了一次，洋人挖开的口子又塞住，海子又恢复了。

姚刚先生礼让我到家里去喝水，我道了谢，他去钓鱼，我沿公路走向李俊。昨天落过大雨，今天风和日丽。河谷里的空气清新到让我飘乎，青山绿水令我眩乎，成群的野鸭飞起落下使我惊乎。

我迎面走来一位 30 岁上下的年轻人，手里提着一样什么机器上的配件，我们相互打过招呼，交谈中他领我见识了马儿山震崖上的一道地穴。穴口人侧身可入。他说此穴由蒿内通到蔡祥卜堡，约 6000 米距离，南北穿通，冬冒热气，夏吹冷风，南北两端穴口皆见。他扶我上到壁坎，还没有贴到穴口，就已听见穴内轰轰作响的气流声，待脑袋进入穴口，我似乎听到从地心传来的嗡鸣，不可言状。

我问我沿着这道地穴的山脉，从马儿山到蔡祥堡，翻山的路好走不好走？

他说，山上一个人不能走。山上有野猪，还有特别大的野狗。那野狗比野猪还凶狠。已经繁殖了几代的野狗，狗娃都不会像狗那样汪汪叫了，像狼一样直着嗓门吼。

我接二连三地获得狗野了的信息。

他说，2013年地摇，马儿山重新坐过一次，山体拨开了更多口子。通过马儿山的自来水管道，由于地基走滑下沉经常破裂。

他说，海子里主要鱼类是麻鳞鲫鱼和红鳞彩鲫。麻鲫的地盘在海子下游，彩鲫的地盘在海子上游。我们老人听新华社一个叫王漫沧的记者说过，野生的红色鲫鱼是民国九年海原大地震后出现的新物种，在西吉新营那个地方也出现了。现在的海子水面小了，原来的海子，从猫儿沟一直聚到包堡，7公里多长。1992年天大旱，却发了一次大洪水，水漫出海子，堰塞堤溃。后来修建了溢洪设施，保住了这些水面。

我突然想起海眼来，问他海眼位置，他说海眼在庄口那里，已经压在公路下面了。

年轻人关心我，说天气热，拦个车坐上。我说我到猫儿沟。他说猫儿沟在海子下面树多的那个地方。

我走向树多的地方，经过海子出口时，看见一大片震包。海子里流出的水，在震包上冲刷开一条十多米深的蜿蜒水沟，顺着水沟淌进原来的河床。

我过了河道，到了猫儿沟。在庄子里遇到一个年轻媳妇，我向她打听单万有的家，她用标准的普通话向我指认了单万有家，说单万有是她大公公。单万有，我高中同学，毕业后没有见过面，今天午饭的希望寄托在他家。我知道他当时上了一所令人羡慕的大学。我到他家，扑空。我见到他80多岁母亲，拄根拐杖在院里转腾，老人家告诉我，单万有到李俊赶集了。老母亲让我在家喝口水，我谢过老人，离开了猫儿沟。

公路上少有车跑动，前头的路显得很远。

大中午的想拦个捎脚的车也没车可拦。

口正干的时候，前面出现了一个庄子，且有半树红杏扑出墙外。我走上前，像猪八戒化斋一样，欲敲门讨杏解糠，发现锈锁把门，人去庄空。我用伞把勾下几颗杏子，落地射水。几颗熟透的杏下肚，减糠不说也压住了饥饿，胃里烧乎乎的。

公路一直顺着河道走，两面台地的玉米，将一条河道长得蓬蓬勃勃。

晌午饭时，糠饿相伴而生，交替折磨。闻到青涩的玉米香味，腿脚总想往地里去，不想往路上走。这是身体的召唤呀！我爬上路边地埂，钻进玉米地，依然向无形的田主讨上几句亏欠，掰下将将灌浆的嫩棒子大嚼，一口一口的甜汁与渣，充实我的肠胃。前一段时间我在甘盐池、靖远等地，掐苦苣菜解糠充饥，与这相比，玉米要方便、可口多了。当然，我顺手掐下背在玉米地生长的苦苣菜叶子，塞进口中，化淡玉米汁浓烈的甜感。

步行20公里，下午五时到李俊乡，算是尽力而为。

李俊街道很有商业气息，原来公社党委、政府办公的堡子已置历史一隅。我想在市场上找到单万有，问了几个人没有得到信息，我进入一家饭馆，先要了一暖瓶开水，沏好茶，点了一碗烩面片，背门而坐，喝茶待饭。我感觉到一种不是食客下馆子的脚步声，他载着一双观察我的眼睛在背后审视我。我回首，我就站起来了，我们彼此没有折扣地都认出了对方。两双毕业握别的手，42年后重逢，双方站着道出同一句话："老球了！"等我俩面对面坐下，各自的基本情况述说完，单万有同学说他刚才和郭建喜同学在一起坐了一会儿。

郭建喜也是我的高中同学，他家在蔡祥堡红沟沿，是个教师。

单万有住李俊河，郭建喜住蔡祥堡河，两条河在李俊二百户交汇，流出寺口子。蔡祥堡河水质较李俊河更适宜饮用。李俊河水经过寒寒石（石膏）山体的流程，多了对人体有害的元素。

寺口子，须弥山大佛脚下的红石峡，丝绸之路北段西行的一个入口，此口还叫石门关。民间有个寺口子的传说，说的是不知哪一年发生大地震，须弥山和对面的山相向移动，正好一个小伙赶着驴驮着媳妇经过峡口，看到两面山就要合到一起，惊叫一声——我的四口子啊！两山立刻停止，再没往一起走，小伙子赶着驴顺利通过。只有小伙、媳妇和毛驴，哪里有四口呢？因为媳妇双身（怀孕），这就是寺口子的传说。

单万有刚走，我准备离开饭馆，海原县文体局摄影师李佐珍师弟进来吃饭。自我跑田野调查以来，我们在不同地方已遇见过两次。今天他到李俊，是给宁夏演艺集团送戏下乡拍摄剧照的。他想顺便带我去红阳，我谢了他的热心帮助。

我在街道找到一家旅馆，洗澡设施不能用，我犹豫间，海原县城发李俊乡的公交车停在我吃饭那家饭馆对面。我溜达过去，票员认出我来，她说前几天见这个老汉在西门市场转呢，今儿又在李家堡碰见了。

我对票员说清我的搞干，她说，老汉你搭我们车上海城，去洗个澡，淘个衣裳，你身上汗腥味大得很。司机坐在方向盘前看着街道上的行人，侧着身子对我说，老汉上车，我把你拉上，到城里打扮利索再溜达，你能做这么大的事，我就做指甲皮大的一点事，不收你的车票钱。

瞌睡遇到枕头了。我听乘客说，这是一趟夫妻公交车。

公交车爬上蔡祥堡梁，路过黑土墕、马圈沟、甜水堡梁、肖家湾、多罗堡……如果老家还在的话，我会在多罗堡下车，可是爷爷去世、父母亲相继去世，我们兄弟姊妹都移民外地，只能看到不可烟火的老院子从眼前掠过。

车至庙儿沟我睡着了。

2016.7.20

一道河，三老者

在海原发红阳的县内公交车上，一个戴石头墨镜的半大老汉与我款闲，他说，民国九年十一月初六那天，曹凸有个开粉坊的老汉，到红阳贩豌豆。那时兴赌博，老汉住到店里，就开始押宝。到后半夜，豌豆老汉输掉了身上的本钱，为了往回捞，把家里的牛一头一头地往上押。家里一共有四对牛，到初七的后晌，四对牛输了三对半，放板的（提供高利贷）庄家不让他再押，胁迫他去赶牛。豌豆老汉输红了眼，翻脸喝斥庄家，有本事把我家八头牛一鞭子都赶走！输了赢、赢了输的拉锯，一直撑到天黑，豌豆老汉果然输掉了八头牛，还不认怂，庄家把他轰出场子。庄家顾好帮手，准备连夜到曹凸去赶牛。豌豆老汉愁了，躺到碾盘上，盘算怎么跑掉。他不敢带人回曹凸去赶牛。他的那一帮弟兄都是硬胳膊，双方打起来会失人命的，不是几对牛的价钱。豌豆老汉盘算着、盘算着睡着了。等他惊醒，碾子蹦下碾盘，往河道里蹦儿蹦儿地弹跳，街上的人怪喳喳号开了，这咋了哟？他糊里糊涂，栽前栽后地跑到店房，所有的房子摇平了。他喊了几声庄家，没有回应，他清醒了，就往曹凸跑。跑到白土套子，稀泥摧的寒寒石尽铁钱沟往下壅，阳凸、阴凸两面山，散成草帽一样的弧圈。他翻山越岭绕过白土套子，绕到小南川，这里的土山与南华山的石山断裂，下坐成一个冒土气的巨大锅圈，原来的路没了。豌豆老汉绕了一夜才回去，幸好家里没有伤亡。

公交车是从南华山五桥沟进来的，驶过关门山马场，在月亮山盘道。公交车呜地绕过一个弯子，呜地又绕过一个弯子，乘客顺势颠簸，谁都无款闲的机会。

我看到那三孔荒芜了的韩家石窑。石窑开在洞壁的上半，据说是五百年前，从山西大槐树迁来的一支韩姓人家，出于防卫，窑洞凿在石崖上。进入窑洞，抽回梯子，出去窑洞，放下梯子。韩家历经三代，才开就了这崖壁上的居所。海原中学校长韩建军先生就是这门韩家的后代。他的"三苦"教学理念，符合本地需求，希望贫困家庭都能出个大学生。新中国成立七十年的事实证明，在海原，有大学生的家庭，不仅较早脱贫，而且还在银行有存款。

红阳坐落在月亮山与南华山两脉交联处，一条排洪河道将红羊镇一分为二。

这条排洪河道在20世纪70年代前夕，流水潺潺。有一段时间，海原多地为扩大水源流行打宽口井，甘盐池东海碧波是典型，红阳河道也是典型。

红阳打宽口井，砂子垮塌，打坏了几名妇女，其中一位妇女刚当母亲不及百天，在她献出生命时她的儿子正是哺乳期。她的丈夫每天端着儿子，到别人家为自己的怀宝宝祈求一口奶水。她的儿子长大后，一直感念左邻右舍的这些"奶娘"，但是他不记得自己亲娘的音容笑貌。这个失母之子名南武征，在做到县级公务员后，以对工作的责任、对事业的忠诚、对百姓的友善，更加极力办好党交给的事和大家的事，以此报答养之恩、育之恩。他才能在红寺堡移民区，说出那句情感深厚的心意话："共产党好，黄河水甜。"

昨天，那对夫妇公交车把我从李俊拉到县城，今早我搭另一对夫妇公交车经五桥沟、月亮山到了红阳，沿河而下，晚上我可能又回到李俊。我刚在街道站定，接到虎西山先生电话，他说蛮稀——他的口音是这样发"漫曦"音的，到哪里了？我说在红阳，南华山、月亮山一带，晚上可能到须弥山。他说，他看到有人弄我的海原大地震呢，不要给那些祸事的人再说你采访到的口述了，你要做得细致些。他们一哄儿就把那场灾难毁了，比灾难更让人无法接受。他又关照我几句知己话。他搭我走访海原地震带以来，一直在固原城里操心这件事，给我鼓励关怀。因为，我们都是"西海固文学"的开创者。从这道河下去，须弥山大佛对面的瓦房口，是西海固文学开创者之一左侧统先生的家园。他生命的起点、终点都在这个苦水流经的地方。

我对西山兄心存感激。

我在街道打听老年人。在一个油坊门口，几个人站着交谈。我凑过去说了我的来意，有个叫田彦涛的中年人，立即表示，街道上都是后来的人，说不上大地震。他一脚踩着摩托油门，说捎我去上赵家井找李进元老人。旁边几个人都说这个老汉知道。

路上，看到红阳中学，学校空荡荡的，我以为放了暑假。田彦涛兄弟说，红阳中学空放了几年了，学生娃娃都上海城念书去了，那里老师好，娃娃能学好，都追着优质资源进城了。特别是海中的那个韩校长，不是说他是我们红阳人，我吹人家呢，人家确实有一手。直接地说，人家把老师、学生能管住。韩校长在海中工作十多年了，自当上校长，一而再、再而三，又一而再、再而三，又又一而再、再而三……海原的贫困生考入清华等名牌大学的有些呢，数字会明老百姓的心。实话给你说哩，咱这贫困地区的娃娃，在经济发达地区就业的面积现在也大得很，可以说，咱这里的贫困家庭，在经济发达地区安装上了自己的提款机。你说，谁能把乡里娃娃进城念书阻拦得住呢？

田彦涛兄弟捎我找到李家，我们进到院里，正好遇见掌柜的把一窝新分的蜂仔，收进席篾蜂兜，去新窝安置。田彦涛兄弟领我进大房，李进元老人正在炕上歇晌。田彦涛兄弟帮我说明来意，他就要走，说街道里还有要谈的生意。让我自己问，他就不陪了。我提出给他支付油钱的事，他说这个钱收不得。

李进元先生，92岁。他说，我没跟上地摇，听老人说，十一月初七那一夜，有点模糊的月亮，大部分人睡了，小部分人还没睡。腾腾腾地几下，地面摇着翻过了，自此天天惊慌，噔噔噔地摇了40天。外爷家十口人打着剩了三口。

赵家井上朝（清）汉人手里，开的油坊是两合水磨；到民国田家手里，油坊开成了四合旱磨，地摇后水走了。田家北房是个二层的木楼，没摇塌，摇斜了。有个米师，是个大木匠，用绳子拴住木楼，往正里拉。那么大的个木楼，咋能拉正呢？想起来不可能。那时间没有现在这么先进的机器，想拉正是不可能的，没有人相信。米师在木楼仰的这面地上打下几根木桩，用绳揽住木楼爬的那一面，拴到木桩上，地一动（余震），在仰的这面紧绳子，往爬的那面缝子里填砂子，一口袋、一口袋往进填砂子。一动、一紧、一填，就这么把木楼扶正了。

民国十年，苏堡一家人迁到东海坝，搭了个茅庵子住下。他们说苏堡乔家庄摇平了，庄庄里的人打光了。

李进元老人说他就知道这么多。

老人言罢，我要离开，他们父子挽留我吃了午饭再上路，说了一句"放桌子"，掌柜的后人端着炕桌进来，放到大炕上。

"年轻人，吃饭。"李进元老人由窗户边往炕桌跟前挪身子。

我正思想吃还是不吃？在人家没准备的情况下添口，他家就会有人少吃。

"饭有哩，这个年代好得很，不缺粮。你放心吃。"

我还是选择了告辞。

路过下赵家井，饭口过了，都睡午觉了，没有找到款闲的人。步行到东海坝，走过一座桥，看到一个老者和一个小娃娃抢锤举斧，劈一段木头。我沿着小路到他们跟前，老者住手看我。他可能用力持久，手不停地抖动。我问他："您老还能劈动柴呀？"

"没办法，一辈子就好了一口罐罐茶。"他戴一副石头墨镜。

然后他说了他家里的一些不幸，其中帮他抢锤劈柴的这个娃娃的爸爸前年故去，妈妈又走了一步，后老子对娃娃好着呢，就是娃娃恋念前老子生前这地方，来了就不想走。后老子来领，娃娃哭着不去，就要守到我跟前哩。老者说到这里，又跑来个小一点的娃娃，老者说这是弟兄两个，大的八岁，小的五岁。老者说这两个重孙子都是他端大的。

老者，杨德有，84岁。他说，我家民国九年地摇后，从杨明堡搬到东海坝的。我妈给我说，杨明堡地摇打了三个"停"，第一停是杨春槐家和我们家坐邻居，两家都是九口人。他们家的高房子挨的是我们家的小房子，两个房子一高一低，用的是一堵墙。地摇时他家的高房子垮下来，压倒我家的小房子，高房子里的人没有活，小房子里的人还活着。他们家九口人打坏了八口活了一口，我们家九口人打坏了一口活了八口，这是第一停。

第二停，南台上住的两家子，各六口人，都打绝了。这是第二停。

第三停，北山上两家子人，各八口，一家各打坏四口人。这就是杨明堡地摇打出来的三个停。

那是十一月初七夜里，我爷爷买了耍社火的一件衣裳，我奶奶凑着油灯想给改成汗衫子穿，腿边上还卧着一只大狸猫，啪的一声，前墙飞了，灯盏飞了，狸猫顶着汗衫飞了，大房前半截朝前扣到了院里，房顶的一块木板掉下来护住了我奶奶，接住房的后半截塌下，埋了木板。等掏出来，那块木板折了，我奶奶打坏了。

蔡祥堡我二舅，在马场上转亲戚地摇了，赶紧往蔡祥堡家里跑。经过杨明堡，到我家里一听只打坏了一个人，没站点地往蔡祥堡跑。跑到杨明堡下面的青石山，房大的石头满山往下滚，二舅不敢过去，折回又到杨明堡我家了。

河道里鼓起了许多土包，水搭摇开的口子里下了。河水断流，没有吃的水。第三天河里水下来了，才喝上水，险乎糠死。

红沟沿地面直接揭了，房大的石头、房大的冻块插满了河滩，南湾骰平了。

南坪有个老汉说，从南坪到下甘查，摇开了一道口子，五里路长，宽过火了，第二年才摇着合住。

我妈说一共大摇大摆地震了18天。

中午过了，饭口过了，要走的路还没走了。

马场是一个耳熟能详的地名，看看庄子北面陡坡上的古路花子，就能知道这条道来历深不可测，它和多罗堡古路梁是联通的。

糠了、饿了。

我拐进开着白花、紫花的土豆地里，寻找到苦苣菜，掐一叶嚼嚼，再掐一叶嚼嚼，多了会苦得摇头，甚至中毒。这是入伏以来，我野外生存部分的技能体验。早晨喝过茶后，不带水、不带干粮，可以跑一天，这是少时跑山练出来的。

杨明这道河的人和我们多罗堡河的人，自古就有联姻关系，只是我们家没有这种姑舅关系而已。不然我会到庄里做亲戚。

一个还没堆放粮食的打麦场，停着一辆农用车，娃娃抱着过了秤的瓜往回走，大人围着车厢付钱。我经过打麦场的时候，他们把眼光投向我，我嘴里在打听庄里的老人，心里想买一个瓜吃。我到车厢跟前，车厢里空了，只有几块待清理的瓜皮。

马场没有找到适合款闲的人，我前往杨明堡。两地相距 10 公里。我下到河湾，掏出大蒜嚼一嚼，爬倒一口一口地喝水。在野外生存，必须懂得这个常识。我爷爷常说，伏天蛇会在水里净身，留下毒素，就着大蒜喝水，可以防毒。

鞋子有些脾气，它磨我的小脚趾。我脱下，鞋带系在一起，搭在肩头，赤脚行走。头几步脚底发痒，几十步过去，找到了少时的感觉，洋洋得意，哼着小曲，看天看地看远处，看越走越近的杨明堡……咔嚓，右脚大脚趾磕破了。我坐到路边，把指甲缝里流出的血，用食指捋起。我用手攥住伤趾，等剧烈地疼过去，掏出酒鳖子，先饮两口麻醉，再给伤口浇一点……不浇倒罢了，一浇钻心呢，头上冒汗呢。我掏出毛巾剪子，剪下一溜，烧成灰，摁在伤处止血，再剪一溜毛巾包扎好脚趾，穿上袜子、鞋，走了几步，还好，不怎么影响我走路。

剪子是我在海城买的，友人提醒我，你是独行，遇到野狗群，仅一个手鞭一旦脱手，你就没救了。买上一把头号剪刀带上，好做第二手防备。那不是凶器，坐车安检也不没收。剪子就这么装到包里的。

改革开放前，杨明是公社，红阳是大队，现在红阳是乡，杨明是行政村。

我在老街上转了一圈，因为放暑假，没有打听到这里的同学，也没打听到款闲对象。

我在　家蔬菜门巾部，向店家要了一壶开水，买了一个油花卷子，取出一头大蒜，沏好大益普洱茶，坐在门市部旁边的水泥墩子上，吃了个舒坦。

老板从外面回来，看了我一眼，进到门市部，听老板娘嘀嘀咕咕几句。老板出来赠我一颗西红柿。他指着老公社后面的山说，那就是杨明的北山。听老人说，1920年地摇，后面的山跳着起来落到前面的山上，前面的山顶住后面的山，陷下大得不得了的个弧圈里，山上的土连洪水一样往进灌。现在，从废墟修过去的那条柏油路，一遇到下雨就沉陷，路就断了，一年要修填几回。我当娃娃时听老人说，杨明堡有个姓杨的老汉，拉着一头牛到海城卖了，从海城回来走到白土套子地摇了，老汉脚头简麻，刚搭白土套子沟底爬上来，稀泥推的寒寒石尽沟壅了下来，毒气呛得老汉咳嗽不出来。老汉深一脚浅一脚往家里颠簸，一会儿被囊土搕（陷入，很难脱身）住，挣扎出来，一会儿又被囊土搕住，再挣扎出来。走到这北山的后面，拿不准了，看起来到底是自己的家么，咋不像了？山打哪里去了？难道山塽（shuàng，缩）进山里了？家搭哪里去了？老汉在山梁守到天亮，才发现他坐家的那个山头飞了，地摇时撅（jué，断裂）起来从山后飞到了山前，房子也骰散了。北山有大约7平方公里的地震塌陷区，山体变得五花八牙，前几年来了个什么专家，看过之后说，地震塌陷区美得像画一样。我看画家也画不出来。

离开杨明堡老街，我甩脱公路，进入河道，前往蔡祥堡，这两地相距又是10公里。1976年我们搞规划，没有这样的公路，是一条顺着河道、人车混行的大路。人一会儿过个裂石走在河的北面，一会儿过个裂石走到河的南面。眼下的河道真不好走，砂石硌脚，水没了，裂石没了，路两边高大的白杨树伐得一棵不剩。依着北山的公路，取代了过往这条绿荫掩映、流水潺潺、田园葱绿的河道。

公路是为轮子设备的，足至上，明显不适，走上一会儿，脚掌发烫。

杨明堡东去，就是杨德有先生讲的青石屲。四山皆黄，此山独青，巨石流沙构成，特别奇异。悬在上方的巨石感觉动静大点就会滑下，路面就有落石摆在那里。那青蓝的流砂小风起尘，大风下滑，水溪一样，滑痕挂在山坡。滑流下来的青砂壅在路面，堆积成障，闸住半个路面。

入了安家老庄，想起好几个熟悉的人，其中有安耀德先生，1976年他是县规划组组长，海原全境的水林路田规划蓝图就是他带领我的师傅与我们绘制的。河道至安家门前，名曰三迎河。当时地质队在此打了一眼喷井，没有封口，流量三寸余，喷高两丈，百年的大树，长满一道河湾。如今已是大树不在，喷泉不喷，河湾土溜溜的。

入老庄村一拜，全庄生态移民去了黄河灌区，仅剩一户李家。李家人不仅是熟悉，他家门里的李成福先生，与我是同事，曾任固原市文联秘书长，是一个有文化修养的作家，那篇《追寻大先生》足能成为杰作。

河道里连着几家砂石厂，将河道截断。水浇地里葫芦花开得正盛。

曾经务养这些水地的人，已迁往数百里外的黄灌区，而接管这些水浇地的主儿，是甘肃靖远黄灌区来的蔬菜经营公司。靖远的土地荒芜沙化，来这里承包水田是为种田吗？

在我看来，生态移民工程移出人口是正确的，移进种植模式未必合适。

公路上来往的车辆稀少，偶有轰鸣而过要么是满载砂子的，要么是去载砂子的。一辆电瓶车"嗞——"过来，超过我，"嗞——"地到我前面，驾车的是一位穿得很花的妇女。电瓶车拐过青石㞥大咀子，看不见了。等我路过大咀子，电瓶车已装半车箱苜蓿，那花衣妇女蹲在苜蓿地里还在割。

蔡祥堡河道，竖着一块宁夏地震局"地震断层避让牌"，地震断层东西走向两侧各 3000 米，南北走向两侧各 200 米，不得开采、建筑，违者必遭追究，牌上的文字是带法的。

以避让牌为起点，向南是马儿山，从蔡祥堡延伸到蒿内。昨天在李俊堡海子那面的马儿山地穴，听过地心深处的嗡鸣声。

我离开避让牌，爬上南坡地面，在马儿山一面不怎么高的坎壁，找到了从猫儿沟通过来的地穴穴口。我站到穴口，我在这面又听到地心传来的嗡鸣声了，和猫儿沟听到的一样。

过了滚水桥，就是上蔡祥堡。我在一个小卖部前停下，门前五六个妇女在打扑克，玩的是各拉各自分的游戏，另有数个男人随性向路一蹲，看路上别人的动静，款自己的闲话。我介入其中，知道了蔡祥堡西头，高家的那堡子，应是清末的物儿。高家出过一个县长，李成福兄的《追寻大先生》原形拓于此公。文章朴实源自主人公的无华，记者和被记者在不同的历史文化背景中找到了契合，文如故人，又通斯人。东头的杨家堡子是新堡子，杨家老堡子在靠近河沿的地方。然后他们让我去杨家堡子，找一个老者，说他能说上地震传说。

经过庄子，高家门口一棵 300 年的古柳，是我"走州过县"见到的最大一棵。七股八叉挂满信众崇拜的红布条。

可以说，在新中国的和平年代，没有了匪患，西海固所有的堡子空废了。但在蔡祥堡的杨家新堡子里，还住有两户人家。一个 50 岁上下的掌柜的听明我的来意，打发一个小学生带我去了杨家老堡子。路上我了解到，学生带我去找的老者是他的亲爷爷。

老堡子没有高大的堡墙，是个平常的院落，东院摊晒着爆裂声不断的柠条籽荚。

进门我一眼看见坐在门台上读书的一个老者，胡须全白。他往起一站，精神矍铄。这就是号称白胡子老汉的杨生江，86 岁，听得明白，看得清楚。杨先生把我礼让进屋，屋里有一个年龄更长的老奶奶。杨先生介绍说那是他老伴，比他长 4 岁，90 高龄。口气带着疼爱与尊敬。70 多年相濡以沫的生活，塑造了两位老者的恩爱情怀。杨先生解嘲说，夫妻女大男，必定抱金砖。女人有靠山哩，男人有依赖哩。

我从包里掏笔记本，动作稍显迟缓，被杨先生误解，以为我在找行李。他说，做得对着呢，出门行李不离手畔。听这话就知道杨先生是走南闯北，见过世面的人，可是我还是解释了一遍我的行为。我是往出掏笔记本。在别人家里当着东家的面找自己的东西，这是最大的个恭。

我问杨先生看的啥书，他说《薛仁贵征西》，年轻时就看过，老了没搞干再翻翻。杨先生的太太见我们款闲，领着孙子走进套屋。杨先生的孙子从套屋端来一盘切好的西瓜，随后杨先生的太太从套屋端出一盘麻花。杨先生的太太要表达的意思是，晚饭时间过了，随便吃上点垫补垫补，不要饿着。我说过，张克靖先生也说过，我的工作是随遇而安。我诚心谢过老人之后，一口西瓜、一口麻花。当然我还有事要做，院里已经是夕阳的余晖。

杨生江先生果真是一位有见识的人，他说了清朝说民国，说了生意说农业，说了家庭说社会。他说，我父亲是监生（绅士），光阴不差谁的。地震前一年，我们家几十峰骆驼走汉中，驮的羊毛下去，骆驼热死了，脚户担心赔不起，吓得没敢回来，半路逃了。后来我父亲遇到过几个脚户，他们向我父亲要原谅，谁也不欠谁的了。

地震的那一天，我听我妈妈说，我父亲上了堡门，里面的人刚睡，堡子外面住的河北收皮子的客商还没睡。狗嚎、鸡儿乱叫，地摇了。我父亲打到檩子下面，我奶奶打进炕洞，椽烧着了，我奶奶一双的脚指头烧秃了。河北商人从摇平的堡墙上进来救人，听到我父亲在檩子低下喊，你们听着了吗？钥匙在我这里呢，开下门。杨掌柜的，堡子都摇平了，没有墙了还开啥门？他们把我父亲救出来，又救出我奶奶。

我们那时光阴大，有上锅的、碾米的，还有脚户。

一场地动打坏了我大爷家 12 口人，我爷爷家 13 口人。两房头还算余下了五口人，比起蒿内姚家 13 口人一个没剩的打没了，幸运得多了。

地震当晚，我外爷骑马从李旺来看，人打着没几个人了，五个油坊摇平了，牛羊一齐折倒了，光阴打散了。我父亲18岁结婚的，我14岁结婚的。光阴传到我手上，一天一天地又好了，你来的那个堡子是我打的，我的儿子住着呢。我们坐的这个地摊，是老堡子，摇得平平的了，几辈人的家业在这下面埋着呢。

临了，闲聊几句，杨先生得知我是多罗堡人，他说他跟多罗堡的牛生华先生年轻时一起闯荡过，那人是个麻利快乐大度的人。十几年前，他二后人送他来看过我一回。听说老汉的二后人是市场交易员，另几个后人的光阴都在人前头呢。杨先生如此了解牛先生，说明几十年的交往真诚实在，知根知底。我知道，牛先生是个仗义的汉子。

红沟沿庄子长吊，等我打听到老同学郭建喜家，太阳刚好落山。

40年没见，一见如故。掩饰过同学之间动情点之后，他发动摩托，捎我到李俊街道吃饭。他一个人从银川回来，他妻子留在银川领孙子。他门前的路要打成水泥路面，他不能不回来。或许这是个说法，我猜测他是回红沟沿避暑的。他白天有时去蔡祥堡和人拉闲，有时到水库垂钓，有时到李俊街上跟集。

街道上饭馆有好多家，斋月刚过，还没开门。他又捎我到市场里面的一家饭馆。我们进去，业主夫妇不仅是他的学生，还有几个下馆子的也是他的学生。他们很有礼貌地向郭老师打招呼，然后离去。郭老师的学生给我俩做的臊子面，味道不错，肉臊子丰厚。一天没吃上热饭，下口自然利索。吃饭间，他说他也是一天没好好吃饭，他妻子没回来，自己抓锅动灶也懒得，早晚大馒头充饥。我们同是海中学生，去学校和回家走的同一条山路。他每次往返学校，单出比我远15公里。

同窗、同舍、同一晚煤烟中毒、同一早晨被抢救过来，我俩自然亲近。虽不常见，知彼仍若知己。

晚上，活水洗过伤趾及鞋窝的溃血，我俩躺在热炕上，款着款着我入了梦乡。我的确走乏了，从红阳到红沟沿30公里。他轻轻蹬醒我，我应答两句，他又听不见应答，他放弃了款闲。后半夜，他的鼾声拉醒了我。

我到大门外小解，夜幕下的红沟沿，月色、山色，水汪汪的，河道里的微风吹送来的清新，使我的呼吸静的几乎无声，天空蓝得看不透，眨眨眼还是看不透，再眨眨眼依然蓝得看不透。

红羊坊、东海坝、杨明堡、蔡祥堡、红沟沿，今天放了一大站。遇见的三个老人分别是李进元、杨德有、杨生江。

2016.7.21

红沟沿

早晨，我和郭建喜同学在他家老院子，拜望了他的父亲郭汉义先生，老人84岁。他说，红沟沿，南北两山包住的街坊。街道两头，建两座石门吊桥，连结外路。吊桥安装在街门里。晨钟一响，吊桥落下，路和街道连通，人来人往，熙熙攘攘。暮鼓一响，吊桥收起，人和物儿出不去，进不来。北面来的生意人，称红沟沿小北京。流水不听晨钟暮鼓的更令，昼夜不停，西入东出，当街流过，店铺、商铺、家居分列两侧，南面来的生意人，又比作江南水乡。

听我妈妈说，民国九年那一晚雪搅了许多事情，就是没有搅停地摇的。我们家打的粮食，还没有腾利然，颗子压在雪地里，人回家吃饭去了。那一晚我们家包的肉饺子，碗刚端到手里，哼嗒嗒地摇了，连人一趟打到窑里了。红沟沿120口人，地摇过后剩了20多口人。这20多口人多的在庄外面躲过的，庄里躲过的不多。我小爸爸在梁家庄给人放羊，地摇了，我小爸爸装在羊房子里连沟里扔了。红沟沿有个女人枉亏得很，打到窑里快刨出来

197

了没有出得来。翻年的春上，他们家一个人从塌窑往过走，扑通一脚散下去，刨过土皮子一看，是他家的一个女人，头发都拔光了。

听老人说，蒿内山走了，十几丈深的河道填平了。洋人说海子里聚了个金蛤蟆，雇人往出挖金蛤蟆，挖开水散了，金蛤蟆走了。

木头沟张树声家，一共有十个窖，地摇埋了。窖有多大呢？里面能转开松椽。新中国成立后取土挖出来了一窖猪油、一窖清油、八窖粮食。

2016.7.22

咋么着坐到筛子里的

从红沟岩走到李俊红星，走到马国山兄弟家，已经走了13里路。

我和马国山同年招为海原县水电局临时工，细算起来分别也39年。他大病初愈，在家疗养，行动还自如，但力乏。

他说，我爷1920年才十几岁，大人打发出去给头口（牲口）添草，把端草的筛子刚放到槽沿，嗵的一声就把人发着起来，我爷爷咋坐到筛子里的就说不清楚了，总之是我爷爷坐在筛子里被发到当院，又从筛子里翻到地上打滚滚，筛子又发到了院外。

我爷爷两个十岁左右的妹妹，在个小房房里说话呢，嗵的一声，房房顶子没了，满天的星星明晃晃地。两个妹妹跑到院里，看到哥哥栽跟搭头地站了起来，就问，哥哥，房来？哥哥回过问，你说，房来？兄妹三个没找着房子，头顶的星星明灿灿的。我爷又问两个妹妹，这是咋了呀？两个妹妹又问哥哥，哥哥，哥哥，你的一只鞋呢？哥哥也不知道鞋哪里去了，说我的一只鞋呢？

第二天早晨，这几个娃娃从大人口中辨过来，昨晚那是地摇了。

大人在场里搭避灾棚棚子，找到了筛子，筛子里装的是爷爷的那只子鞋。

我党家子太爷在张家山（须眉山下）庄上开学，外号秃头阿訇。他有个儿子叫尔利。秃头阿訇住在寺里的房房里，尔利住在家里的崖窑。十一月初七夜里，山啴的一声溜了，太爷的儿子尔利关到了窑里。崖窑深得很，前半截溜了，后半截好好的。天寒地冻，秃头阿訇就没有往出挖，在塌窑跟前上坟。我们回族七天上一回坟，到第四十天，秃头阿訇骑了一头黑骟驴，领了两个满拉到塌窑给尔利上坟。一个满拉说窑里有人喘声呢。秃头阿訇不信，耳朵贴到土上一听，真的是尔利的声音："大大呀，我活着哩。"秃头阿訇和两个满拉赶紧往出刨，几把就刨出来了。秃头阿訇一把脱下汗衫子，包住尔利的眼睛，40天没见阳光，尔利身上的汗毛长的能攥住。满拉把尔利搭到驴背子上往回驮。

尔利趴在驴背子上埋怨说，你们在外面给我上坟，我听得真真的，我挣着挣着说我活着呢，你们就是听不见。秃头阿訇叨咕了几句道歉话，问尔利，你能活40天，吃的啥，喝的啥？尔利说，窑里的一缸酸菜，把我救下了。

尔利给秃头阿訇和两个满拉叙述了他被捂在窑里的经过，刚捂在窑里，黑洞洞的差点急死了，可能是天亮了，烟洞眼那个地方进来了席篾子宽的一点光，我没有那么惊慌了，我在窑垴墙上划道道记天数，还在窑垴找到了一缸酸菜。我就沿着光进来的方向往出刨，快透土皮子了，酸菜吃光了，没有力气刨了。我用手数墙上划的道道，我知道今儿40天了，我攒足力气等着你们来上坟，我要喊着让你们听到我的声音呢。你们如果听不到我的喊声，那个窑就是我的坟墓……

后来尔利一直活到80多岁。

临别，马国山问我有没有再见过王正德局长。我说，一年前我们在银川街头遇见过。当时老局长喊出了我的名字，我没有认得人家。王局长有点生气，说这娃娃咋认不得我了，我是王正德。我赶紧过去拉住老人家的手道歉。王局长86岁了，精神非常好，耳聪目明，肤色绚白，胡子长可齐胸，比当水电局局长时身体好多了。他说，王局长那时对我们几个临时工好得很，只要我们加班，一分钱都不少。他又问王局长那个儿子在哪里上班，我说在自治区附属医院当医生。

他弯着腰送我到大门口的公路上，眼泪花花地在门拐拐站停。站在他身后的妻子，好像是他直起来的身子。我走上中静公路，他带着哭声说："老哥，拦住车了把车坐上……"

我站在杨明河、李俊河两河相汇的地方，我看着瓦房口的早雾，朦胧如烟雨。左侧统先生留下他的《骨笛》《保卫生命》，在那烟雾蒙蒙中散步吗？

路上，我想着国山的业障，想着去逝的左侧统，我觉得我还能跑动路，我劝我尽量知足着、知足着！

2016.7.22

窑里的空气换味道了

行走在兴仁盆地，到处是装瓜的大卡车。听瓜商说，拉硒砂瓜的车，从福银高速长山头闸口一直跟排到兴仁镇，而且停满街道和地头。

我到蒿川三标移民点——兴盛村，访到买阿訇款闲，他首先称赞我的作为是一个出生并成长在海原地震带上的本土人的责任作为。买阿訇是外乡人，对海原大地震知之不多，他立刻端出西瓜先让我安坐，接着拨通电话，联系到移民点定居的蒿川移民。吃了两牙瓜的工夫，进来两位老者，我们开始款闲。

白志寿，80岁。听我老人说，我们家活了七口人，我两个爷爷，我父亲，我的个娘娘走亲戚家躲过了，我太奶奶领着我的三个碎（小）嬢嬢，住在小房子里说古今，山垮下来把三个碎嬢嬢从小房子不知怎么一下推着出去活下了，我太奶奶檩子下来压在下面活下了。窑洞里的一律没有得救。我两个爷爷家一共捂坏了16口人。

我有个党家子爸，是个有名望的脚户。他们涝坝子庄里有六家人，就剩了我党家子爸和老监生家几口人。地忽地一颠动，地面花花的了，到处是那个口子地穴，我党家子爸从窑里惊脱出来，被崖滑下来打折了腿。当时没个医院，也没找个接骨匠，腿子长弯了，走路歪歪点点不直溜。脚户人么，四处各道跑的人，觉得不好看，把腿伸到门槛下的猫儿洞眼，往起一抬，咯吧别折，重长了一遍长端了。

同心有个叫田成的人，是我姐夫。他的个碎孃孃打到炕眼，身上的肉叫火炼得嗞嗞冒烟。我姐夫的大爹从炕眼门掏出那个碎孃孃，烧着圈住展不开了。她的家人打绝了，哭去都没个眼泪。后来我姐夫的大爹被抓了公差，再没回来。我姐夫的碎孃孃没人拉扯，因为烧残了，一个人恓惶地过了一辈子，到现在还活着，百岁都过了。

地摇那夜，多的人睡下了，那些来浪亲戚的也睡下了，少的人还没睡。没睡的不是有事的，就是家外头转的。唰呤一声山塌地陷，睡下的基本上打坏了。蒿川那地方山大沟深庄子小，一脚里一脚外地跑不脱，人基本打绝了。

九路沟上岘、田里坎、屈家岘、安家窑、小口子这几个庄子，地摇那夜留在家里的没跑脱一口人，打得绝绝了。

屈家岘马德成，在海城开了个商行。地摇那夜，半个海城摇塌了。哭哩喊哩地跑回蒿子川一看，啥都埋得没影了，人乏的险乎回不到海城。

粮食才打碾，没有入窑的颗子粮在场里裸堆着呢，地摇罢不见人收拾，没人口了。天天不停点地摇，羊了牲口了就吃那些粮食颗子，吃光了就跑野了。啥都没有个人照看，就是有个人也没个心思照看。过了些日子，活人没吃的，就到埋在土里的地方翻寻吃的。活的人都觉着没救了，活不到世上了。那个时候的那个老百姓疾苦、凄惨得很，都觉得到了终结的时候。哪里像现在的社会，共产党把人民稀罕的。

20世纪60年代，老家姻儿岘打坝时，挖出一口棺材。棺材怎么到山底下的？根据地形能看出来，头一遍地摇山走了，二一遍地摇山住了，走滑的山走得很远，覆盖了另一个山脚下的坟园。山底下就有了这么个棺材。

1979年4月半间吧，那天中午发生地震，姻儿岘土罩得严严的，地面裂开的缝子一步多宽，头东头西的山，头南头北揸断，把电杆台上的那座山摇成了两截。民国九年大地震已经把山体摇损了，山下面是空的，后来有大地震大塌陷，小地震小塌陷，不塌陷那就是没地震。

马智元，72岁。

民国九年，我姑爷爷和姑奶奶住在关桥乡龙池湾。家里有树园子，果子熟的时候梨树又开花了，一弯雪白的梨花，覆盖着一弯黄灿灿的香水梨。据他们说，没有见过那么好的景色。秋里，香水梨卖了些，剩了些。香水梨卖的钱，在南华山黄石崖打了一台崭新的石磨，值钱得很，吃劲得很，我姑爷爷用骆驼驮回来的。磨窑安在他们主窑侧手的怀窑里。磨子出面快得很白得很，我姑奶奶喜欢得不行。这就是老人们常说的，人快赶不上家具快。用我们那时候学的马克思主义辩证法来说，劳动工具解放了生产力。

庄里人央及帮忙推 200 斤麦子，也舍得叫用呢。磨罢人家要给留点麸子做人情，我姑奶奶热情地退回去，就是把麻雀子从树上说着下来也不收，只要你夸我的磨子好。窑里没卖了的香水梨，装了两大坛坛，还有炼好的一大坛坛牛油、俩装（毛口袋）过冬的粮食，一起搁在窑垴的木架上。梨花落了，腌好酸菜，场里的庄稼也打碾消停了，老两口可以不操任何闲心地窝过冬天。民国九年十一月初七那夜地摇了，老两口打到了窑里，还不明白是地摇了，你问他他问你的这咋了啥，这到那个世界了啥，摇一摇住一住，分不清那一阵白天那一阵黑夜，魄烦、毛躁，再加上窑里空气寡薄，头昏脑胀，腔子憋气，这窑咋介塌了吵？等脾气安稳了些，老两口根据饥饿状态，估摸关到窑里的时间，大约过去了三天。这时候老两口才反应过来，是地摇把他们关在窑里了。弄清楚这个事实后，老两口开始搋磨，准备自救。我姑爷爷担心我姑奶奶受不住，就给我姑奶奶宽心说，我给你打了一合石磨，你稀罕磨子不稀罕我了，咋你天天可以搋着磨子转。我姑奶奶说这咋得出去呢？这咋得出去呢？老两口摸着窑门的位置，换着往出刨。几天，手指头刨得烂烂的了，疼着挨不到土上。人么都惜命哩，只要还剩一口气总得想办法活下去。老两口呢不愁吃喝，有粮、有油、有酸菜、有香水梨，窑里也没有开头几天那么捂。又过去了几天，窑门口的土随着余震滑进来，埋了他们刨开的洞洞，可是他们突然感到窑里的空气换味了，爽了一些凉了一些。我姑爷爷就叫我姑奶奶搋磨，一是磨些面粉，二是向外递传声音，希望外头的人听到了赶紧搭救。他俩哪里知道外面的情况呢，几乎打得连个人渣渣都见不到。老两口鼓励着支撑着往出刨，指甲都没了，即是十个秃爪爪，还得忍痛刨呀，不然就交代到窑里了。老两口为了有气力，吃上了牛油拌麸面。过了30天，老两口有些死心，都想着活不到世上，心里这么想着呢，只是嘴里不说。嘴上说的依然是相互鼓劲的话，出去了咱们多养娃娃，咱们过大光阴。这么长的时间了，没人听到他们的求救声、揉磨声，我姑爷爷估摸到外面的情况不是很好。他把磨棍搭在磨扇上撬折，老两口有了挖土的工具，这又是解放了生产力。到40天上出来了。老两口捣透土皮那一刹，席蔑子宽的一点光扑腾进来，咻得睁不开眼睛，就地愣住了，过了眼睛一挤的时间，我姑奶奶胡大老子的哭开了，我姑爷爷说暂不要哭，小心一惊，地动了，土再塌下来捂住。我姑爷爷取来衣裳，老两口穿戴好，我姑爷爷几下别大洞口，用盖头蒙住我姑奶奶的眼睛，忙忙推出洞外，自己用裹肚护住眼睛，紧手紧脚爬了出来。这老两口就这么活下来的。

2016.8.3

走动的"箬笠"

这个季节，兴仁盆地所有的人，因瓜、因杞而忙。

宁夏沙坡头区兴仁乡与甘肃靖远县五合乡，地头连地头。因此，瓜园、杞园跨过兴仁地埂，铺展到五合乡。五合乡的人亦因瓜、因杞而忙。我便离开了兴仁、离开了五合乡。

前些日子，在定西的时候，我拾到一个话头，说靖远有一个人写了本《兰州春秋》，里面描写了海原大地震。我到靖远新华书店，寻找《兰州春秋》。工作人员说，此书前几天作者的后人，结了代销书款，把剩的书全拿回去了。我问作者后人的住址或电话，均没得到提供。

出了新华书店，决定去景泰，目睹兰州地震研究所判定海原地震断裂带北端的那块碑志。

靖远、景泰，相邻的二县。

我赶往靖远客运站，途中遇到一老者，一手提一个尼龙袋和一个折叠板凳，一手点着拐杖，戴一副淡茶色石头镜，胡须飘飘，穿戴干净。我过去向老人家问好，然后款闲。真有点奇遇的意思，老者叫汪建功，箬笠乡人，77岁。他尼龙袋里正好提的《兰州春秋》，掏出来示我。

《兰州春秋》作者署名魏晋，在第十四回记叙了一段海原大地震情景，我用手机拍摄下来，现录于此：

"靖远地震发生时，房顶上像滚着碌碡，院子里像卷着风，天黑得像漆一样。人们连滚带爬逃到院子里。房子四面的土墙全倒了，只剩下柱子在那里撑着。余震不断，房架子随着地震波，一会向东扭，一会向西扭。一会地面又上下抖了起来，房屋仅存不多的瓦片也被抖落了。不仅人在上下抖，就连牙齿也不停地上下抖个不停。

有一个村子，人们躲到了打麦场上，结果地裂开一个一尺多宽的缝隙，一个人正好横倒在裂缝上，余震来了裂缝一会儿合，一会儿开，巨大的冲击波，震的那位村民甩起三四米，然后落下，前后十几次方才停下，幸好人和裂缝呈十字，不然就被地缝吞噬了。靖远全县城90%的房屋都倒了。这次地震，靖远县震毙三四万人。人们只好搭起窝棚度日。县知事只好坐在露天的席棚中审案子。此时，余震不断，人们惊恐不安，稍微大一点的声音就认为地震

了，四散逃命。一个犯人看中了这个机会。大
老爷审案时，犯人大喊一声地震了。结果县知事、
衙役、师爷四散逃命，犯人也趁此机会向外跑。
谁知，却没有跑利索，被醒悟过来的衙役们抓
了回来。县知事上了犯人的当，非常生气，令
衙役将犯人重责四十大板。"

此止，可了一匹心事。

建功兄给我说了他听来的传说。我家原来住在箸笠旱塬，两年前搬到城郊新农村。民国九年海原大地震，我们庄里的两家邻居，一家子的两个大人，另一家子的两个娃娃，大地咕嘟地鼓出一个大包时，这两家的房顶子飞起，院墙塌平，两个大人坐着他家冲起来的炕面，落到两个娃娃的房里，两个娃娃家的房顶回落，将两个大人打到房顶下面，两个娃娃打到泥皮底下。第二天，庄里有个人听着娃娃哭呢，跑来搭救，没找到娃娃哭的地方。看那个摇平的场景，没有人能活。这个人离开，走了几步娃娃又哭了，这个人又回来，看到一块泥皮蚰蜒蚰蜒地动，翻起泥皮，下面压着两个娃娃，救出娃娃，咋还有人腿呢，刨开土扒出檩条椽子，是邻居家的两个大人。这四个人就这么打到一起了，怪得很。

天爷的事情不好说啊，尕老汉。

2016.8.4

景泰形变场碑

景泰县地震局办公地点在景泰县政府院内。景泰县政府建筑有讲究，既没有脱离民国建筑的方正，又不失为人民服务的方便。鲜明地突出耕读文化的从容随性、农业文明精打细算的要点，没有衙门的衙气、门气。

我找到地震局局长王守备，尽管守备先生对海原大地震不欲多言，其因未探究竟，但他给我留了联系方式，还有一句"遇到难处给我打电话"，这干部太暖心了，还提供一个可去采访的人亦是感激。

打的去兴泉镇，出城望见景泰城西一座山，问的姐山名，的姐说那山叫寿鹿山。今天山不透亮，看不见山头的雪。她介绍说，寿鹿山是祁连山的东头，没有拖延，拔地而起，一根三分甘肃、内蒙古、宁夏地界，一脉二分腾格里沙漠与黄土高原。旅游的人说寿鹿山是甘肃中部干旱带的一座绿岛，山上古老的原始森林连片，是河西走廊的东门。山门牌匾是赵朴初先生题写的。天晴站到山上，由近及远，可见黄河流出的那条青线，圈出景泰灌区阿拉善左旗茫茫戈壁，遥入中卫平原。

我惊异她的口才，她说结婚之前在寿鹿山当过"黑"导游。

问起 1920 年海原大地震，她不大清楚，听人说过，模糊不清。她说她记得 1990 年古浪地震，那一天下午，她们放学回家的路上，忽的一声，天旋地转，土雾遍地腾起，寿鹿山罩得啥都看不见，活像山着了，如烟的土雾窜到了天上。

我记起王守备先生说的，古浪地震和海原地震不属于一个地震带。

到兴泉镇打听，何耀德老者家住兴泉村三塘堡。

在步行往三塘堡的路上，几个人正给地里灌水。他们对面是一座堡子，堡墙几乎塌平。他们说这座堡子就是海原大地震摇毁的，别的不知道了。

找到何耀德老人家，土木结构的房子，外表相貌看也有些年成了，但木工、瓦工的鲜明工艺，精细顺眼。老人 83 岁，曾为三塘大队党支部书记。

他说，民国九年那个地震力度大得没有个想象。马昌山两层子山，下面红土，上面岩石，地摇绕着山根子裂开一道几步宽的口子，黑岩浆从口子里冒出来，滚烫的岩浆喷在岩石上，马昌山也不是原来的红土山、岩石山，而像一座煤炭山了。地震摇开的那道黑色的口子，自西往东，从三塘堡一直裂到沈家庄。马昌山山脚的那条大沙河，跟着山体错位也变形了，变得南面低北面高了，原有河床错了版。

三塘堡的位置，就是你进村路过的那个塌堡子，一呼啦摇平了。里面住着三家人，伤亡一共两人。当时住的房房子很简陋，三下五除二就挖出来了，打坏的当下就埋了。

民国九年秋天，发了洪水，马场山下来的山洪，灌进三塘堡子，堡子里住的人用毛毡塞住堡门，把洪水才挡在门外。自那场洪水以后，人们的嘴头上离不开两个字"灾了、灾了、灾了"，到农历十一月初七果然应验，地摇栽了。

米家山和马昌山山连山，那里的人住的是崖窑，地震拦腰斩断，一齐关到了窑里。我们三塘堡没有那么严重。

我问米家山的去路，何耀德先生说，因为米家山是山区，比较枯焦贫困，现都搬到引黄灌区了，你去了也找不到人。沈家庄也搬迁到了引黄灌区。

哦，和箬笠一样。

我问三塘村附近有一块地震碑立在何处。何先生拄着拐棍，陪我走出大门，用拐棍指着大门手右的一条路，让我沿此路上去，路过一座庙，在沙河一个土堆上就能找到。

我辞别老先生拔步开行，他说快晌午了，折回头了到家里吃饭。我诚恳道谢。能挂念我吃喝的人无异父母与手足。

路不远，也就三四里。可是河道里热，路过那座庙时，我已经糠得喉头溜火。

太阳基本垂直射在石碑上，碑阳、碑阴的文字几乎看不清楚。我把带的一瓶矿泉水，抿了一口压压糠气，然后在碑面溜了一稍，润湿的字迹清晰显现。

十一时整，我掏出酒鳖子在碑前奠过，作揖致歉，用水溜一绺，誊写一绺，反复誊写的碑文如下：

1920年8.5级海原大地震，波及全国，震撼世界。使陕、甘、宁三省60余县受灾，死亡廿三万余人，中外学者，相继赴现场，□□□□□，究其根本，论文著述。

兰州地震研究所所长、研究院郭增建等人，1982年3月，于景泰三塘附近经实地考察，得一罕见的地震形变带，保存完好。沈家庄沈氏家谱中也有地震时地震裂缝状况的记载，该形变带走向近东西，所逢山谷沟壑，皆现北高南低的垂直与逆时针的水平错动，至耕作区层，虽受人工破坏，但行踪可辨。在地裂缝断面上，敷有一层数十米厚黑色焦状断层糜棱岩，就其地震之总形变带，东起固原硝口，西至景泰兴泉堡，长达二百二十公里。虽历六十余年，但其流动及原来地震的关系，鲜有问津。兰州地震研究所遂议定于地裂缝上边地震墙两堵，跨断层水准环两处，现挖古地震割面一个，以观其变，再推其理。

一九八三年底全工告成，投入观测。墙标存亡，关系人民生命财产之安危。告诫各方，重点保护，切莫损坏，是□之记。

景泰地震形变场碑

国家地震局兰州地震研究所

甘肃省地震局

一九八四年三月一日立

誊写过程，是一次抵抗炎热的过程。文中方块之处，不是碑文字迹不晰，也不是故弄玄虚，那一刻正是我胸闷气短、眼冒金星时，没有誊清，以致后来整理时字迹难以辨识。当时我先誊下碑阴文字，再誊写碑阳文字的。文中出现方框正是暴晒至晕的节点，我扶住石碑闭眼立了一会儿，慢慢睁开眼睛，服了速效救心丸，再见沙河整个河道，热浪腾、蒸气曳，可以说我看到了从地下蒸腾起的潮热。抄毕此块碑文，浑身栗而抖，又含六粒速效救心丸，开窍心海，化瘀止炙止灼止热止眩。

狭长的甘肃，南怀积雪如玉的青藏高原，北负风沙滚滚的阿拉善高地，极寒极酷高速空气对流，我国最大的风力发电厂就矗立在马昌山。

我到三塘堡公交站点，在旁边小百货商店买了一碗酸辣康师傅吸溜掉，抹一把嘴，去公交站点候车。刚刚饮了一口白干，装好鳖子，76 岁的马兆宝先生过来，跟我款闲。他说正晌午，看见一个人搭沙河里上了，莫不是你吧？看这穿束像你。我说我从沙河下来不长时间。他说坐办公室的人不坐办公室，关不住着跑到这里暴晒，啥事不得成着？我说找人款海原大地震的闲。他说，三塘堡就伤亡了两个人，房房子毁平了，没听到老人再说过个啥。他说三塘堡怎么来的，你知道吗？我问怎么来的，他说三塘堡最早来了周、马、何三姓人家，是明朝山西大槐树移来的。这三家人在此地挖了一个蓄水池塘，黑里聚水，白里灌地，一家一家往过轮，此地就落下三塘堡这个地名。咋不叫周马何堡呢？那就显得我大槐树下的人没文化了。有些人把我三塘说成大涝坝，那是胡说，也是八道。塘不同涝坝，塘有活水源头，涝坝靠下雨积水。三塘的活水源头源自寿鹿山。他突然停住问我，客家，咱俩款了闲了，从沙河下来饭吃了没？没吃饭了走家里吃饭走，休（háo，不要）要客气唠，你是出门人一个，离家一步不易得很，该吃就喘，该喝就说，为人不能顾羞脸着忍饥挨饿。

我拍着兆宝兄的肩膀感谢。我说我在商店里已经吃了方便面。

他说，我是经过高级社的社员，觉悟高着哩。让一部分人先富起来，我们老了，那富也弹嫌人呢，不攥我们来，一碗好吃的家里还有呢。

公交车到站，我惦记沈氏家族那封与大地震相关的家书，去哪里找到呢？

2016.8.6

二遇《1920年海原大地震》

下午两点半，我访到兰州地震研究所图书馆，钟老师和小季老师很热情地接待了我。我言明意图，钟老师说馆里只有《1920年海原大地震》这本，《陕甘地震记略》可以到省图书馆借阅。转眼间小季端来热茶。经钟老师同意，小季让我在阅览区候着。一会儿时间，小季取来《1920年海原大地震》，让我安心查阅。

看到《1920年海原大地震》这本书，多么熟悉啊。十几年前我在海宝旧书摊淘到过的那本，它怎么和我分手的一概失忆。再次翻开此书阅读，被"绪论"直言所震，我抄到笔记本上：

> 我国西北，甘肃与宁夏交界，有一座自南
> 向北绵亘的大山，山势雄伟，渡越不易，名曰
> 六盘山。
>
> 六盘山之西，其余脉有北西向的南华山、
> 西华山。
>
> 南华山、西华山两山延展地域，地势渐下

渐低，上覆很厚的黄土，构成我国黄土高原的西部。

黄土高原西部，气候干旱，树木稀少，土地贫瘠，历来是我国经济不发达地区之一。当地居民多数穴土而居，少数以简易土木房屋居住。

民国九年（1920 年）12 月 16 日（农历庚申年十一月初七），闻名世界地震史的海原大地震就发生在这里。

海原大地震不仅是我国历史最大地震之一，也是世界上最大地震之一。据古登堡计算，这次地震震级达 8.5 级。宏观震中位于宁夏回族自治区海原县甘盐池相邻地区。

极震区东起固原，经西吉、静宁、会宁、海原、靖远等县，西至景泰，面积达二万余平方公里。这里山崩地裂，河流壅塞，交通断绝，房屋倒塌，景象十分凄惨。震坏极重地区宏观裂度达十二度。根据当时中外地震仪记录的 S 波和 P 波到时差推算，地震发生时刻应为北京时间 20 点 06 分 09 秒。

海原地震释放能量巨大，强烈震动持续十几分钟，全球有 96 家地震台记录到这次地震。日本东京放大倍数仅 12 倍的地震仪，也记录到了这次地震绕地球两圈的面波。兰州白塔山文昌庙重建碑用"寰球大震"四字形容海原地震，极为恰当。

据当时《陕甘地震记略》载文报道，灾后人民"无衣、无食、无住，流离惨状，目不忍睹，耳不忍闻，苦人多以火坑取暖，衣被素薄，一日失所，复值严寒大风，忍冻忍饥，瑟瑟露宿，匍匐扶伤，哭声遍野，不特饿殍，亦将僵毙。牲畜死亡散失，狼狗亦群出吃人……"

当时，北洋政府忙于贿选，未及时施救，致使灾情进一步加重。面对这种惨景，甘肃在北京的工作人员和学生一再呼吁，要求救济灾民。直到 1921 年 2 月 24 日，甘肃旅京人员仍在《中国民报》发文要求政府救济，文中说："甘肃为国家征出租税之地方，甘肃人民即为国家负担义务之分子，今遭此亘古以来未有之浩劫，竟不能邀并顾兼筹之余惠。既拂于情，亦非人道。……甘肃此次劫灾，因地方邮电交通不便，平日在外游客经商之罕稀，遂使弥天劫尘，不成空气，而责任当局，亦不关心。莽莽七十余州县，统一地图上无颜色；蚩蚩九百万人民，于共和国之内，为孤孽饮痛而无泪可挥……"

根据当时各县统计，海原地震震亡二十三万余人。

海原地震波及范围罕见。据有关资料记载，震时北京"电灯摇动，令人头晕目眩"，上海"时钟停摆，悬灯摇晃"，广州"掉灰泥皮"，汕头"客轮动荡"，香港"大多数人感觉地震"。其有感范围超过大半个中国，甚至在越南海防观象台也有"时钟停摆"的现象……

不会使用科学工具，抄录很累，到此虽乏力困顿，仍然坚持翻阅辑录。

1921年4月15日，北洋政府内务、教育、农商三部委联合派出翁文灏、谢家荣、王烈、苏本如、易受楷、杨静吾六委员赴灾区调查。他们经呼和浩特、银川到达兰州，尔后进入震区，经会宁、静宁赴固原，再由固原经平凉、天水返回兰州。历时四月，除了解灾情外，特别注重了科学考察。他们调查的内容经翁文灏、谢家荣、王烈分别编写成专题报告，发表在北京《晨报》、《科学》、《地学杂志》等报刊，并附有当时灾情照片。翁文灏一行的调查堪称我国震史第一次对大地震所做的全面而详细的科学考察。

自 1920 年海原大地震后，当时的"中央地质调查所正式担负调查地震之责任。"从此，地震工作在我国便作为一门科学正式开展起来。

傅承义教授《地震学讲义》中说："用现代的科学方法来观察地震，在中国可以说是从 1920 年的甘肃大地震之后才开始的。"

与此同时，国际饥饿救济协会的 J.W. 霍尔、U. 克劳斯、E. 麦克考尔米克等，到达震区进行调查。他们的调查结果发表在 1922 年美国地理杂志，题目是《在山走动的地方》。报道列举大量有关灾情的现实资料，特别对地震滑坡作了生动描述，并附有大量珍贵的震害照片。

上述国内、国际两次虽晚但深入灾区的考察，都因交通阻塞，未到达震中的海原，能到达极震区也令人钦佩。

1958 年中国科学院地球物理所郭增建、蒋明先、刘成吉、赵荣国、安昌强、王贵美六位学者组成地震预报考察队，深入海原震中对大地震进行实地考察。这是继翁文灏一行 38 年后又一次规模较大的国内调查，也是地震专家第一次深入海原大地震震中，访问并勘察出海原县城南的李俊堡、杨明堡、脱烈堡、小南川、黄石崖、油坊院、山门、菜园、西安州、哨马营、甘盐池、黄家洼地震断裂带。准确发现这一断裂带穿山跨谷，不受任何地形影响，定向延伸，其整体走向约为西北向，海原境内长约100公里。他们第一次调查访问到了甘盐池湖泊在地震时向北迁移的这一巨大地壳变形现象。为后来对海原震中的国内、国际或单方面或联合考察奠定了扎实基础。

20世纪60年代初期，阚荣举等学者在甘肃景泰地区进行地震探测工作时，对海原大地震作了考察。他们在极震区西北的景泰、兴泉堡等地，勘察出1920年海原大地震西部的一条断裂带，向东北与郭增建团队勘察出的断裂带衔接，统称海原地震断裂带。

同年，中国社会科学院兰州分院地球物理研究所地震研究室宁夏分室唐铭麟、朱皆佐学者，对海原大地震——地震形变带，进行了徒步详细追索，进一步弄清了这一断裂带的全貌。

现已查明，这条地震断裂带应由固原县硝口起，经海原南、西安州、甘盐池直至景泰县兴泉堡，全长约220公里，断裂带总体为北30°~70°西。

就在我感到不能再坚持阅读时，可能小季老师看出我的疲态，过来说，老师，你可以带《1920年海原大地震》出去复印。哦，我真的很感动，我押下身份证，约定第二天早晨上班时间归还。

在渭源街十字路口附近一家复印店，以最优惠的价格复印并装订了《1920年海原大地震》。该店老板定西人，他知道我干这件事长途自费加最后一公里的徒步，他只收成本，以示热心参与。

在等待过程中，老板以干粮馍和茶水招待我，让我安心等待。

宾馆夜辑：

1970 年，李玉龙、康哲民、沈作华、曹少康等学者对海原大地震再次实地考察，第一次明确提出 1920 年海原大地震断层为逆时针旋纽的观点。他们指出水系沿断裂带有系统的拐弯现象，显示出逆时针旋转的迹象。

1971 年，康哲民、陈立军、冯学才等学者又对 1920 年海原大地震后第九天（12 月 25 日）发生的 7 级余震进行考察，发现其震中并不在主震、极震区东南的泾源县（此震中位置由远台资料所定），而在极震区西北的打拉池一带。

兰州地震大队李龙海等学者，经访问当地群众，发现甘盐池西山前，唐坡村有十几条石砌田埂，被 1920 年海原大地震断裂带水平错开，错距达 2 米左右，方向为逆时针扭动。

这一遗迹至今仍十分醒目，为海原大地震断裂带错动方向提供了最确切的证据。

……

《1920 年海原大地震》一书由国家地震局兰州地震研究所宁夏回族自治区地震队编著，是纪念海原大地震 60 周年的特别奉献。

因困撒懒，不想出去，但饿得睡不倒，不得不向兰州牛肉面投降。

2016.8.8

致敬甘肃省图书馆

甘肃省图书馆，平实无华，但能引起过往路人的关注。

这座建筑是有精神的，最能代表书卷的内涵气质。

我进入孤本书阅览室，馆员依我提供的书单，戴着手套找来两种手抄本书。管理阅览须知，不许拍照、抄录。

我阅完一种手抄本，时间已过大半。取了一杯纯净水，小抿滋润，以期不去卫生间。赶下班粗粗翻完了第二本手抄卷，被绝伦的小楷折服。归还了图书，我在图书馆外不远地方买了个夹菜馍，吃过在馆前的绿化地上想躺一会儿，被环卫工作者将我请到凳子上坐待。

下午，我借出《陕甘地震纪略》，说明我的意思，此书可能不像"孤本"那么吃紧，馆员允许誊抄，但不允许拍照。

于是，就有了这些摘录的文字：

一月十二日（1921 年）《北京晨报》，署名宁者的报道称：此次地震，陕甘两省最为剧烈，为中国北部从来第一次大地震。因为交通不便，所得报告较晚。

西安人立在地上，仿佛如坐在大浪中船上一般。

礼泉北乡住窑者居多数。门前即是深沟，被窑压毙与坠沟自亡者约有千数。

城固十六日晚八时屋瓦摇落，盆水泼出，约半点钟始止。南北正向的罗盘针移成丑未向。

宁夏十六日晚七点至十八日午十二点止，房屋倾塌大半，人民压毙十分之五六。

固原"市间，完全被毁，房屋被灾十分留一，十八日震动不已，压毙人民无法清查。电报局的械器间，有云因此毁坏。"

时间吃紧，我便择自己不熟悉的史料摘录。

《古道名城》（本）记载：

王兴炯——南溪（今四川南溪县）人。民国六年（1917年）任会宁县知事，民国十一年（1922年）回任。地震发生后，在会宁设义仓赈济灾民，县署借出余粮132石8斗，储存升字场以备救灾。

没有查询到海原大地震当时知事钟□□。

《古道名城》（本·续）：

"会宁自古民风淳朴，崇文尚德，文风昌盛，英才辈出。据《会宁县志》载，明清时期，会宁中进士20名（文进士17名，武进士3名）其中父子、兄弟双登科者亦不乏其例。据北京孔庙先师门内两侧的元、明、清进士题名碑记载，可以分辨出字迹和地名的，自清嘉庆十年（1805年）四月二十一日乙丑科至光绪三十年（1904年）五月三十一日甲辰科的100年间，甘肃各地（包括今甘肃、宁夏、青海、新疆四省区）共有进士131名，其中10名以上的只有三个地方：皋兰（包括兰州）22名，占17%；武威15名，占11%；会宁12名，占9%。会宁名列第三。"

《会宁明清进士考略》（作者 潘滴昌）记载：

"光绪二十一年（1895年）进京应试，时值中日甲午战争失败，李鸿章赴日本签订《马关条约》引起全国人民反对，广东应试举人康有为联合各省在北京会试的举人1300余人签名上书光绪皇帝，提出拒签《马关条约》……"

史称"公车上书"。甘肃举人签名者有 61 人，秦望澜与同籍吴海净、苏耀泉 3 人也在其列。

……

期间，省领导一行走进图书馆阅览区，他们和馆内陪同人员边走边谈。我听到了这半话："西北孤本藏书量第一。"

回宾馆的路上，突然想到苏耀泉，这个熟悉的名字，他就是李世峰先生的姑爷爷。他与他的胞弟同年入进士，也就是西吉苏堡（现名震湖）人常常给念书娃们打比方的"苏家一门双进士"的那个苏家。

做罢这项工作，钱袋酒鳖子难以为继，不过买一张回多罗堡的车票，绰绰有余，匆匆中离开兰州。

2016.8.9

让字纸干净回归

钻进密集的灌木丛，爬上南华山黄石崖半壁，会发现那道高过人头、宽过人身、斜斜深入山体的地震穴口，一道窄窄的不见深处的石头扁夹缝。据我父亲讲，他年幼在这里搭羊梢子进去过，耳畔呜呜的风声，瘆煞得很。他走了四五十步，穴底出现积雪、穴顶挂霜，冻得不能再入，放弃探险返回，晚上打了一次摆子（发高烧）。

据漫涛兄弟提供的信息，黄石崖震穴，一直通到五桥沟水库的地裂处。据民间传说，传教士点金术定住那匹金马驹的地点就在此穴口。

据郭增建先生提供的照片背景分析，黄石崖山前的乱堆子，就是郭增建先生一行勘察海原大地震合影之处，那片千余亩、蒙古包一样圆鼓的土包，就是海原大地震留下的遗迹——地震鼓包。

海原县地震局在甘盐池立的"震中"碑，石材取之黄石崖。刚才上山时，在崖前的路上看到过震落的巨石阵，也看到石匠开凿的石磨雏形。由于机械磨面机的普及，这合石磨便是未果的因了。

站在黄石崖，往东南，能看到十多里外我家院园那座黄泥高房子。德国哲学家马丁·海德格尔说，诗人的天职是返乡。

因有返回，便有漂泊。

回到多罗堡，心情不好受。我们的院子长满野草，祖父、父亲、我三代人种的树木基本枯死，院墙豁塌，房屋残破。无人居住造成的荒凉之境，令我极其心乱。

我们的院子既是院子又是园子，院园难以分割。我们祖上1905年从甘肃翠峰山南侧蒲王家堡迁至南华山东面的多罗堡。我们祖上在芦子沟挖崖窑3孔，背靠雷爷山，门对财神庙，面水而居。祖辈勤劳务实，垦出立足的十几亩水田，捎带跑贩生意，并植300余棵柳树，光阴渐有起色。民国九年遭海原地震劫难，五口之家震毙五分之二。幸存的祖父为给两个侄女有口饭吃，便以童养媳为许，自己背井离乡。1946年祖父在外闯荡近18年，携子女回到多罗堡。祖父开饭馆攒的银两，购置了宅基地。父亲、母亲发奋重整家业，在祖父帮助下，不仅创建了这座院园，又开垦购置土地百亩。种树养蜂，开园务菜，果蔬发达，家园兴盛。父母养育我们同胞七人。我们牢记祖父家传"好男儿志在四方"的教导，心怀一颗善心，陆续离开多罗堡。祖父虽不识字，路见随风跑动的字纸，收就一起，用火焚烧，让字纸干净回归，免受玷污。

1990年后，这座院园荒了。

此时我感受到的既是自身饥饿，又是这座庄园的饥饿。

我给四弟王满平说，我身无分文，困在多罗堡老家了，他给我发了25个红包。

因为单门独户，我们的父亲母亲承受过不该承受的承受。庄里除了老亲戚，我们只有一门新亲戚。但庄间人并不疏远我们，还是亲热地打招呼，礼让吃喝，只是我生分而已。

我在房背后的路上，遇到了杨廷吉先生。可以说他是脱烈堡儿童的守护神。娃娃得了疾病，他要给娃娃打针，娃娃看见他拿出针管子，咒骂声就喷着他来了。娃娃们长大了，都记着他的恩情，他是庄里最受尊敬的人物之一。

杨先生不光是脱烈堡的医生，他是脱烈堡周边人都信服的医生。从他行医的口碑中可以感受到，他的医疗站还是民族团结的一个平台。我觉得他是脱烈堡有名望的人。

杨先生夸了我的麻眼爷爷。他说，你爷爷那个老汉的善良，不是一般的善良。1960年食堂快倒时，队里藏了1000斤糜子，仓库里不合适保管，别人家也不放心保管，就窖到你们家的那个地窖子。有一天，老鼠把圈巴打开个洞洞，糜子流出了一堆堆。你大哥发现给你爷爷说了，你爷爷白内障，那时看不见了，叫你大哥领上，用灰圈住记号，然后打发家里人找来生产队干部，经过查验，一两不少。庄里人非常吃惊，王家这个老汉心太善了，家里人饿得嘴都吊起来了，没动队里的一颗粮食。

2016.8.10

三年能荒一个庄稼汉

脱烈堡人的海先生，是我的表叔。

我沏了杯茶，我们喝着热茶，扯了一阵家长，款到当前农村，他说，现在社会好得很，农民拿着土地补贴、流转费，也不怎么下苦了。机械化农业、智慧农业把多数人放到一边去了，农民都不用种地了，天天打牌、跳舞、睡着吃饭。这么舒服吗？舒服，人从苦处解放了！可是我的心里呢……反倒困慌了些……

过去的老人说，三年荒不了一个秀才，三年能荒一个庄稼汉。

款到海原大地震，他说，记得不详细，地震那年我父亲 15 岁，在南沟（现在的清水坝）我们家当院一个石头垒的高房子里，念剧本呢，突然颠簸得睁不开眼睛，等睁开眼睛，石头高房子散了，我父亲坐在炕上晾到干滩里了，抬头一看，天上的星星眨巴眨巴的，往起一站，前一步、后一步站不稳，心里慌得不定然，猛然觉着咋身底下烫的，一看摇到了炕洞里，烧坏了右胳膊。我奶奶娘母两个打坏了。固原陶家新庄，我们上姑舅张生元一家打绝了。

2016.8.27

顶锅的娘娘

杨庭仁，小学同学，他在地里掰包谷，听说我走访海原大地震的遗闻，扔下活计，专门找我款闲。

我舅舅许德福家住的箍窑，一盏清油灯明晃晃地亮了那么一坨，娘母三个坐在炕上说古今呢，我舅舅的姐姐也就是我的一个姨娘，正把洗锅水端到外面倒掉，把锅扣在头上，顶着往窑里走，嘴里还唱的是"摇摆摇，大眼睛"，刚跨进火窑门槛，哐一声——谁都不知道咋了，哐啷一声窑塌了，我外奶奶把我舅舅许德福护在身子底下，没有打坏，外奶奶打坏了，顶锅的那个姨娘打在锅底下也坏了，炕上的另一个娃娃也折耗了，娘母四个，只有我舅舅躲过了那一劫。

我爷爷人都叫杨老三，地摇后我们家剩了三口人。我爷失了家眷，日子过不到前去，庄里有人说，车路沟南台上，王家一个女娃娃地摇打到炕眼，烧坏了胯子，没人照顾，生活也很艰难，你背去，背来成个家。

2016.8.28

康家店

多罗堡下南梁，靠河道的北坡，有一条车路壕，历史悠久。可证的条件有两例，并且已知：车路壕遗迹，路基虽荒芜，但辙痕犹存，硬轱辘车碾出的路面，低于两侧路埂约三米，东头在井湾，西头在韭菜湾子，这是第一例；2014 年，据砂场缑志刚老板说，他在韭菜湾子和车路壕之间的过水河道，挖出一条石条铺的滚水过河路面，宽约 3 米，长 20 多米，流沙埋了 20 多米深。马蹄踩出的窝子、轱辘碾出的辙迹，显显地留在石条上，这是埋在河道下的第二例。

听他说出埋在河道的石板滚水路面，大吃一惊，我要去看看，他说他取过砂又埋了。

车路壕东头井湾有座康家大店。民国九年地震前，有句流传很广的口语："宁住康家店，不住海城县。"这口碑不是吹出来的广告，而是实实在在做出来的招牌。据说康家店掌柜的与相距 20 公里的史家店掌柜的，都是"昭武九姓"之粟特人后裔。

康家大店没有房，一律靠山掏的窑，最大崖窑老牛车可以在窑内掉头。窑的功能分类齐全：住人的窑、存货的窑、停车的窑、站牲口的窑应有尽有。特别还有一孔类似银行金库的窑洞——店家严防慎守，外人摸不清底细，专存客商带的金银财宝、玉石玛瑙。

康家店除住宿、餐饮，另有银匠铺。银匠也是康家店掌柜的胞弟，眼睛里带着路数，口外来的客商若佩戴新奇首饰，看一眼就能仿制出来，口内来的客商若佩戴新奇首饰，亦能仿制。口外来的客商，有不再去口内的，口内来的客商，有不再去口外的，口内口外的银货制品，在康家店这个地理节点，就成了流行商品。

康家店末代掌柜与牛生华先生结的干亲，他对康家店了如指掌。可是老人已故，没有听到老人家关于康家大店的精彩演讲，已是挽救不回的损失。

昨天，杨庭仁先生走后，给中静（中卫至静宁）省道供应砂石的牛希成干兄弟，从杨明堡砂场专门过来看我，几杯闲酒，带出了一段叙述。他说，康家老汉是我姐姐的干大，但我没见过。听我父亲说，地摇那一夜，我姐姐的干大在康家店河对面瓦窑台魏家和我们几家转着款闲，没有在店里。我们瓦窑台几户人家，那时住的地坑，地摇了地坑里的人都跑脱了，因为地坑的窑低矮，拱形跨度窄小，窑帮坐的得力，没有摇塌。他们跑出地窑，南梁滑坡，土浪卷成一个土坎扑下来，康家大店一挤眼睛的时间没了……就活了我姐姐的干大一个。他的家眷、店里的客人、骡马和财产都埋了。我姐姐的干大在康家店废墟守了好多年，埋得太深了，挖不出亲人的骨殖，挖不出金银财宝，带着一股子伤心，离开了多罗堡，躲到马营，给有钱汉务艺果园。康家干大破产了，一个有无数财宝的富汉，成了一个下苦人，就那么一霎霎。咱们多罗堡到马营20公里，而且这两道河的人有几辈子的儿女亲戚，经常来往。康家干大的盘算，一旦康家大店埋的硬货有人挖出，他能很快得到消息，会及时采取措施。可是呢，直到他老人家生命的尽头，也没有得到这样的消息。

有关康家店那座地下"金库"，在咱们庄里传说得很神秘，夜里有人听到过，银子走来走去嗡嗡的风流声。前些年有人拿探测仪寻找过，推土机挖掘过，都没有找到东西。听说几个钱币贩子倒是捡到了十几枚麻钱子。

2016.9.1

王家窑里

夏永寿先生来了，他是位木匠。

他刚迈进我家院园的大门，声音就传遍荒凉的院子。我从大房忙忙出来，他看着大门楼子的各个建构，说木活还好，泥皮脱落了，不好看。他说话的声音，和我当孩子时听到的声音一样口气。他只是老了，胡子和脸褶搭配得很完美。他年轻时披着衣服到处走的那个习惯还保留着。他说，你们家这个大门楼子是我盖的，你大钉了九个橛，最后选定的这个位置。你大是个了不起的人，虽然不识字，但有远见。我让他到屋里，他说就在院里晒着太阳说话。他说你们这院子得重修，除了大房换个瓦，其他得拆掉，高房子、大门楼子快塌了，不及时拆掉会给你们闯麻搭，把谁家的人或者啥物儿打了就不好说了。我从房里端出茶水，他说他刚喝罢罐罐茶，不喝。他说，园子里的死树挖了去，过来过去的人看见骂你们呢。虽然你们不回来住，终究是影响你们的事由。他说，你们园子外面不整齐，需要东西遮拦一下，我家墙背后种的红柳好得很，你可以剪些枝枝，育到一转圈，那东西特别好活，还快长，两年就成势了，还能当风景看。他呼我的小名说，昨天听龙家你姨爸说，你在搜集民国九年海原大地震遗事？我说就是的。他说：我大爹（伯父）叫夏德奎，是个毡匠，在南沟王家窑里，就是你们芦子沟那个大窑里做毡活。夏家堡子的张老五，来送弓弦，闲款了一阵要回去，我大爹说窑里热得他也出去透个风。滴水成冰的天气么，咋得热的？我大爹出来到骆驼台上凉，一阵阵就地摇了，上南梁、下南梁搦起来了，那吼声就像把天戳破了。多罗堡的庙堡子、古路梁、夏家堡子土雾罩得严严的。你们家的窑塌了，就把人打下了。

张老五刚走到河湾冰面地摇了，第一遍摇人刚夹到冰缝，还能略微动转；第二遍摇冰缝吃紧，夹得几乎气绝；第三遍摇冰缝又裂开，冒了出来，刚好落到滋溜滑过来的一块冰上，把他渡到河边才脱身。

我大爹从南沟往北面夏家堡子家里跑，河里过来，看见有人，问谁？好着吗？张老五说是我，好着呢。我大爹就没有顾上关顾他。

等我大爹跑回家，家里摇平了。我大爹把我爷爷我奶奶刨出来，已经打坏了，跟手就到磨窑去刨我妈。地摇那天，我外爷恰好下场（去世），我妈蒸了一笼献馍馍（供品），准备第二天端过去。笼馍馍刚蒸好，端到磨窑的磨盖上晾呢地摇了，笼馍馍连皮球一样蹦了，我妈打到了磨台下面。我大爹在磨台下面刨出我妈，人没打坏，是石板的磨台护住了。

地摇我姐姐惊脱了，她从箍窑跑出来，一夜没敢回去，钻在草垛里直到天亮，我大爹才找着。

　　龙家和你们挖的窑都是平茬黑斑土。见水恋得很，见太阳硬得很。那窑都是你们老先人浇上水泡软凿出来的。地摇时你姨爸的奶奶在热炕上焐着呢，窑顶掉下牛大的一块胡墼，在石板炕上滚过来滚过去，老奶奶躲过来躲过去还是没躲过，被这块胡墼跌倒压坏了。

2016.9.2

九岁的姑奶奶

有雨。

坐班车到海城，朋友请我和小苑、马凤槐先生吃羊肉。待餐时间，凤槐给我讲述了他家经历的大地震。

我祖爷从固原东山里的柯家廖坡讨饭到徐坪，给东家放羊，双方协议，第一年工钱三只羯羊，第二年工钱三只母羊。我祖爷人长得打硬（健壮麻利），说话果断，办事刹利，两年上东家就招了女婿，让他管理40对牛的庄稼。

那年地震前，我祖爷已从东家令出，光阴也不得了。我太爷也长大了，是个人梢子。我祖爷不让我太爷管田产、牛羊的事，专门置了几链子骆驼，让我太爷做买卖，想从光阴上超过东家，也就是要比过他的老丈人呢。我祖爷南里北里给我太爷相了个贤惠女人。我太爷出门做买卖，我太奶奶就守在家里专心养育一个女儿。听到苑上头驼队的铃铛一响，就赶紧给我太爷做饭，不管黑明，一直如此。我太爷把我太奶奶当人得很，我太奶奶把我太爷也当人得很，所以夫妻之间有了不能忘怀的恩情。

民国九年海原大地震，打坏了我祖爷、我太爷，还有家里好几口人，剩了我太奶奶、我太奶奶的一个13岁小叔子，还有我的一个9岁姑奶奶，另有一个教书先生。

灾后，我姑奶奶一看到家里的亲人打坏、牛羊打散，特别是她的母亲——我的那个太奶奶又嫁给别人做了家室，9岁大的个女娃娃眼泪都哭干了。她心里舍不下那些家业。她找到教书先生，让先生背着她，从几十里路上别人家的羊圈认回了400只羊，8对牛。

我太奶奶虽然嫁给了别人，心还在我太爷上，一听到驼队的铃铛从塬上响下来，就开始抹眼泪，心里一直舍不下我太爷那个人么。

2016.9.6

炕上开了个旋涡

我父亲说，伙计给骡子添罢草，进到屋里，地主一家人坐在炕上吃饭。地主问伙计骡子喂完了吗？喂完了。伙计刚回罢话，忽的一声，炕开了个旋涡，地主一家人连同碗碟、饭桌被旋涡吸进去了，伙计就那么看着地主一家人没了。

山走了，伙计被走动的山体拿住，一时颠进土里，一时颠出土里，三颠两颠把人颠混耳子了，颠到一块石头上昏睡，随后冻醒，发现庄子不见了，人不见了，就剩了他一个。

这是我回银川治疗腿伤，我和牛学智先生说乡里娃娃进城念书的现状，他讲了"小黄帽"给家庭结构带来的不稳定性。我们对于同一个事件产生共鸣后，他给我说的这则逸闻。

2016.9.20

天河叫土雾迷了

2010 年记录的几则海原大地震遗闻如下。

第一则：

没有访到过健在的海原大地震亲历者，可是翻开 15 年前（1995年）的一本笔记，一个地震亲历者给我说，我那时间是个娃娃伙儿，白里给羊把式搭羊梢子，黑里睡在羊圈的窑窑里。我睡着老大工夫了，光试着人在炕上簸了几下，把我簸摇醒了，眼睛一睁，窑顶哪里去了么、满天的星星咋明晃晃的？啪啦啦的吼声刷过去了，天河渐渐叫土雾迷了，那个土腥气还了得，逼住人的气出不来。我爬出散豁了的窑窑，往羊圈里一看，羊咋没有了？要200多羊呢，没有了么。庄里狗的叫声都拔直了，一阵听到有人哭了，哭得特别瘆煞，找撵到人哭的地方，才知道是地摇了。当时的人不知道啥叫地摇。

讲述者——周吉华先生，五保户。他住在生产队碾房旁边，他的邻居也姓周，结为党家子。邻居周桂英女士呼他爸爸（叔叔），一直伺候他到老百年，高抬深埋。

周先生讲述的那一夜，月亮蒙糊糊的，我们几个娃娃在碾房前的滩里，脱下鞋子，扔到空里，捕捉夜鳖虎。……

第二则：

周玉忠，宁夏大学外国语学院院长。海原相逢，是个偶然。

他说，我爷爷地震那一晚，看麦场呢。我爷睡的场窑子，是秋后新箍的，入冬刚好冻成个硬壳壳。地动时，窑帮子倒了，冻硬的窑尖，就像一页瓦，没有摇散，下来刚好把我爷罩住，没有打坏。如果是干窑，我爷活不下来。

第三则：

已故郭望岚先生说，有个女人在磨窑里磨面，地动关到了磨窑。她家活的人，首先抢救家里的男人，等挖出磨面的女人时，她骑在驴背上往生了。

先生说了一首震后的花儿：

> 民国九年大地动，
> 把人变成了鬼魂；
> 庄子塌的坐的零，
> 不嫁侄儿再没人。

2010.3

三个姑奶奶

在兴仁听到罗山的地震口述。

我太爷、太太、三个姑奶奶和我爷爷六口人，都在窑里准备睡觉，我爷爷董万泉还是个怀宝宝，正吃奶呢地摇了。住的是崖窑么，窑抹了帽捂住了。当时呢，我爷爷在我太太张开的怀窝撑住没有打坏，我太太打坏了，我太爷也打坏了，我的三个姑奶奶没打坏……她们都打在了一个窑里。我爷爷小，不懂事，蛮是个哭，我三个姑奶奶轮之换之地哭喊，救命、救命啊……外头的我大太爷听见了，朝里喊了一声，不要挣着喊，听着你们还活着呢，我们会搭救你们的。我爷爷瓜着呢，一直哭着没停，我的三个姑奶奶不敢大声喊了，捂在窑里等人搭救。我大太爷忙着救容易救的人，没有顾上这一头子。过了几天，庄里有人听到这个窑里那个娃娃号的声音很小，弱的听不太清楚了，耳朵贴到土上才能听清楚。这个人听到娃娃还活着呢，就喊人搭帮刨出来，我爷爷活下了。我的三个姑奶奶哪里去了？再没听到哭喊声，我大太爷也悲痛着忘了，也就没有再寻找。

后来，我爷爷长大了，听人说，救他出来的那个窑里，地摇把他的父亲、母亲、三个姐姐，都打在那个窑里埋着呢。我爷爷就没明没黑地往开里挖，在窑门口挖出了他的父亲和母亲的骨殖，他没有挖到三个姐姐。我爷爷埋了两个老人，不死心么，接着又往里挖。有人给我爷爷说，他们那时住的那个窑，侧面套了个怀窑，当作火窑。我爷爷按照人的指点，一直挖光塌窑里的墟土，找到套窑，挖开一看，我的三个姑奶奶跪在锅头跟前殁了。我爷爷悲伤地搭声一哭，三个娃娃的骨头架子噗哗散了。

口述者董治花女士，罗山董堡是她娘家。

2017.2.7

五个娃娃

兴仁街道住的刘玉琦先生，76岁。兽医。20世纪60年代，兴仁没有通宁夏海原的班车，兴仁有通甘肃靖远的班车。兴仁是海原的一个公社，不通班车的唯一原因，就是海原至兴仁的公路没有修通。兴仁至靖远能通班车，那条公路很早就是丝绸之路上的大道。刘先生上海原县调药，为给兽医站节俭交通费，先花两天时间，步行85公里，到达海城。调好药品，再坐海原通靖远的班车到靖远，再倒靖远到兴仁的班车到兴仁。

他说，南山上张家、王家、刘家三家是亲戚。地摇那一晚夕，张家男人出去了，家里剩了女人和娃娃娘母两个，娃娃害怕呢，娘母子叫来王家两个娃娃、刘家两个娃娃，给她的娃娃当伴。这四个娃娃都是她的表侄儿。

五个娃娃睡在一个窑里，她睡在另一个窑里。一股黑风铲着地皮子刮过去，地摇了，三炮筒的窑，窑尖子、帮子甩脱了，多半截窑顶灌到院里，少半截窑顶打住了五个娃娃。上来救的人，在窑前面挖出来四个，都活着呢。救的人问里面还有吗？娃娃说还有张家的一个娃娃。救的人听了一会儿，没有声息。救的人说那打坏了，就走了。这四个娃娃动手搬胡墼，搬开胡墼，一看张家那个娃娃嘴上捂下一大块泥皮，捂坏了。

地摇三年时间过去，张家老两口就那一个儿子，就到王家、刘家要人。天灾嘛，没有办法，王家、刘家答应，将张家老两口，养老送终。

2017.2.8

不喝脏酒

由于一次相关骆驼客的调查活动，一行七人，先入吉兰泰，再由中卫穿香山，到靖远北滩乡，在芦沟坎滩村，访到任立海先生。

一座小院规整，几棵树的风景别致。风沙缘故，窗户缝隙用塑料条严密封住。有间与院墙等长的彩钢车棚，里面没有停车，放着一套音响，地中间置一个用煤气罐改制的炉子，状如炮弹。任先生说，这个炉子发热快、散热量大，霎时棚子里就热得穿不住衣服了。他介绍说，冬天农闲，庄间自乐班在这里活动。春节娃们回来，自家人一起卡拉 OK。

听我搜集海原大地震传闻，他打发后人到邻村去请他的老人，大地震他知道得不多，老人知道得多。我说不用跑路，一会儿我自己去。他说家里做好吃的，正准备请老人来呢。

他说，我老太太住在窑里，地动了，往出一跑，忽地吸进窑垴，忽地吐出窑外，窑唰呤呤地塌了。有一缸水，我太太看见打了个颠倒，再立起来，缸里的水还满满的。那缸水和我太太一同被吐出窑外的。

任重，任立海的父亲，86岁。

1955年到阿拉善拉骆驼。30公里到40公里一个站口。我们从灵武驮上香矸子煤到王爷府卸货，再到察哈尔驮上盐、碱走出沙漠。身子冻得淌红水呢。做官的凭印，放羊的凭棍，好男子一夜跳过九道墙凭的是胆魄。记得那一次吃了一顿羊肉，走了两天没见上一口水，到圪垯梁听见有人声，摸着过去，这家子人在三里路上驮水吃。家里的水，解决不了我们人和骆驼的问题。我们用骆驼给驮了一回水，水喝了，饭吃了，朋友交了。

说起民国九年地动，现在说的是海原大地震，地动了要30天呢。我们这里土性算好，窑洞没走啥。黄家洼箍窑一摇两半个，崖窑齐生生地抹了帽。

其实，我的灾难不是地动造成的。我九岁时，我父亲和他的兄弟妹妹得了白喉病，三天走了三条人命。我到12岁，我母亲又走了。

在沙漠里躲了几年还是个没躲过，回来就派到洮河引水工程改造去了，苦死了。

任立海先生端上好吃的，还有好喝的。吃喝半间，任重老者扣住酒杯，表示喝好。他的孙子跟他开玩笑，还要敬他几杯。他说，酒喝对就行，不能争强斗胜找高低。找平衡就找出翘扇了，那就把酒喝脏了。我这个人一辈子不喝脏酒。

2017.5.17

站口上

交通实在方便。午饭在靖远吃过，晚饭又安排在泾源，跨省活动易如反掌。

于清海先生，泾源本土诗人，生活阅历极其丰富。他说，我的老太爷是个有 100 多峰骆驼的商人，去察哈尔驮盐、驮碱，从腾格里沙漠出来，闻见人庄子上的烟都是香的。100 多峰骆驼，一链骆驼 8 峰，大约 15 链，将近 20 个人。我老太爷有个专门驮麻鞋的骆驼，驮一驮麻鞋，走着去，回着来，30 站路程，麻鞋一双不剩。

民国九年大地震那一夜，他们宿在海原县李旺镇。老太爷发现骆驼脱圈了，跑出车马大店的窑去追，一回头窑没了。

30 站指从平凉到察哈尔一米回的站口，单程 15 站。以中卫黄河莫家楼渡口为界，河南 7 站，河北 8 站。这就是在清水河谷地和腾格里沙漠驼道上广为流传的"南七站，北八站"。

骆驼客冬夏离不开皮袄，用腰带一扎，一面怀窝里装个洋瓷碗，一面怀窝里装的干炒面。打尖的时候，从一面怀窝里掏出碗，从另一面怀窝里抓两把炒面，用骆驼背上牛儿子皮胎里的凉水一倒（冲），从骆驼背上驮的柳条筐里捏几颗盐往碗里一丢，吃的要多爽有多爽。临动身还要吼几句：手搬胛子脚蹬墙，耳环子摇得呛嘟嘟……

拉骆驼是一行活职业。活———一切在动，没有一成不变的。

2017.5.18

曹们冬季没有见过闪电

穿过绘制海底水世界的六盘山隧道，进入隆德县城。

隆德，民国九年海原大地震灾害重县。U. 克劳斯一行考察震害到过的地区之一。

进城之前，看到城南"兰宜"公路两旁数棵左公柳，沧桑遒劲。

看到隆德中学，想起恩师杨子仪。先生晚上枕着《康熙字典》在困境中做梦，度过了人生中最艰难的一段时光。

1978 年固原师专建校，我们结为师徒。

1979 年，《六盘山文艺》创刊号，发表了先师对我短篇小说处女作指导性的评论，极大提升了我的文学理念。

经朋友介绍，隆德城里找到张先生，他带我访到杜世雄先生。闲聊中，杜先生和杨子仪老师有过一面之交，承认杨老师是音韵学大家。张先生虽无交往，但对杨子仪老师的语言学崇拜有加。

杜先生 1956 年，是海原多罗堡驻队干部。多罗堡——我的老家。他说的是多罗堡，而不是脱烈堡。我问他还有记得的人吗？他说想不起来了。他记忆最深的是海原的山，像个瓜瓜牛，山里的羊肠小道是盘着的，等高线的样子，听说是地震摇出来的。

刚搭提到海原大地震，杜先生就哭诉，搬家时我收藏的地震资料，还有其他资料都失迷了……先生泣不成声，他失去资料犹如失去心血。先生的孙子给他一块毛巾揾眼，先生的儿媳给我们端来茶水。先生稳住失措之态，接着说，民国九年大地震前，国家地动仪检测出了预兆，一个珠子掉到了盘子里（首次听说）。

我庄杜家堡子，没摇倒的房子有几间，我家一间，还有生意人的。这些房四门八窗，八根土柱，全鞍架撑着，没有倒，护住的人多。土鞍架（没有土柱）和顺水房（一面坡）全跨，打毙不少人。

那一夜，有些人在六盘山里烧木炭，看见火焰从天上喷下来，面积大很，其实是闪电。曹们冬季没有见过闪电，听也没听说过，因此把闪电说成火焰。

那一天，有些老人连疯子一样，说不明白啥原因，打着迫着不让家里人进屋，在麦场上睡，没有折人。

不听老人劝阻的、住窑的，都抹在窑里了。

剡家屲，地点是个皇家祠，地动摇出了汉、宋的钱币，皇家使用的瓷器。后来取土挖出了伙房锅台跟前做饭的女人，一口做饭的锅疤（niè，朽）了，还有一把匜（yí）……先生又伤心不已……另有镶木暗器，相当于匕首，一合磨子尺二大，上扇如碗，下扇圆鼓……

我母亲说，剡家屲山走时，有个鸟鸟天天鸣叫，发的音类似"剡家人腾庄""剡家人腾庄"，地动罢从鸟语翻译成人语，才知道鸟鸟唤剡家屲的人从庄院腾出去住。人辨不来，没走脱一个。

剡家峁山根，有个大水沟，放羊娃拾到过一个镶铜石牌，上面刻的是"剡家祠"。这个牌是剡家峁山上滑下来的，镶的铜是汉代以后的铜。

我请教先生 yán（剡）和 yí（匜）俩字怎么书写，他蘸上茶水写在茶几面上，并做了解释。

剡姓与秦始皇嬴政同宗，曹这地方是秦人的马场。

匜是先秦洗手的盥（guàn）器。与盘合用，用匜倒水，以盘承接。奉匜沃盥。

先生低头抹泪。

我和张先生开导几句，杜先生说，我现住在隆德城南，当年林则徐被贬入疆，翻过六盘山，县长已在十里铺恭迎。林则徐坐轿从东门入城，仅在隆德城住了一宿。早发沙塘……我用小楷抄的台湾传来的隆德县志，一并搬家遗失了……

先生突然问我，海原罗川有个巨人，听说那个人一直长着挣坏了……确实听说过此事。

2018.1.23

小南川地穴开了

小南川的烟墩山，是座独山，山顶有个烽燧，山和燧连在一起，就成草帽的样子，烽燧犹如草帽的提纽，这是小南川的地标。

小南川在南华山南坡，海拔1800米以上，小盆地，只有一个豁口，状如门槛，黄土深厚，雨水易聚不易流。

向阳、丰饶的小南川，我路过时，看到许多搬迁空了的院子。

玉米地有两个妇女锄草，一只黄狗跟在屁股后面溜达。虽说盆地不大，只有两个妇女和一只狗，还是显得空旷极了。妇女与狗像盆地里的雕塑。

盆地里生长庄稼的地不多，茂盛的苜蓿和野草抢占了禾苗的镜头。我走到俩妇女锄草的地边，我问庄子为啥都空了？年长的妇女说，小南川沟子底下压的是海原地震断裂带，近些年这里的地穴开了，山上发那么大洪水，一入小南川，噗霎就灌进地穴里，连个毛角子都看不见，你刚听到地下的吼声轰隆隆的，吼得山动弹呢。政府担心庄子整体灌了地穴，就搬迁了。

联系小南川地理环境琢磨，钻入地穴的洪水，经阴圽塌散、阳凸塌散、铁钱沟、白土套子底下的穴隙，一直向南潜流，经杨明北山至蔡祥堡断裂带。

白土套子是阴凸塌散、阳凸塌散、铁钱沟的垴子，是小南川南面的门槛。翻过险要的白土套子，几个盘盘路就到杨明北山塌陷区，顺河下去就是蔡祥堡马尔山地穴。

2018.4.27

喧 慌

张树清先生，识字班扫盲生，可看报纸。原住甘肃靖远黄家洼草岘子，其邻村分别有屈家河、崔家庄子、草绿山。他邻村的那些邻居迁移到五合乡及其他地方，他自购土地，现居兴仁六队。他月养老金 150 元、高龄补贴 200 元，而宁夏同等人的养老金 180 元，高龄补贴 270 元，两项较宁夏少 100 元。

他说，民国九年地动时，地上刮的是黑风，天上土粉罩了。我们家靠崖有几个浅窑、两个深窑，还有几个箍窑。其中有个窑，深得了不得，专门是耍牛皮娃娃（牛皮灯影）的地方。

影娃子的亮子支在窑垴，观影的人从窑门口一排一排坐到亮子前面。我们家请来的唱牛皮灯影的班子，我们家人自然坐在离亮子近的地方。我爷指我大从白圪垯把我嬢嬢也接回来看戏。牛皮娃娃开演的那一天，正是地动的那一天。

我爷和我三爷打场，碌子一下跳得蹦蹦的，沟里山里土气罩实了，一转眼工夫崖垮了，窑没了，牲口圈、羊圈、猪圈都搭沟里摇下去了。窑里看牛皮娃娃的几乎没跑脱，就跑脱了我大。我大惊叫着跑出窑门，崖上塌下来的土，刚刷到后背，没打正，活下了。我的奶奶、嬢嬢共六口人打在窑里。我六爷家一共 11 口人打坏了 10 口，女人娃娃，还有一个来浪娘家的女儿都打坏了，就剩了我六爷一个人。

天亮，发现埋在土里的羊了牲口了，蹄蹄还动着呢。

20 几天过去，我六爷猛喳喳听见崖壕里猪叫唤着呢，跑到壕里一看，一个猪毁开一个洞，从土里面钻出来了，跟尾出来了一头狸花犍牛，还出来了 20 几个羊。真是惊得人不敢相信。

黄家洼，山区里面么，我们没事干就蹲到一起喧慌呢，动不动就说到民国九年地动了。

地动的那一夜子，屈家河胡正海的大，叫儿从窑里抱出来了。他大问，儿呀，呼哧呼哧地啥动弹呢。抱他的儿说地动弹呢。他大骂儿子，喧慌呢么，地咋能动弹呢。胡家就活下了这父子两个。

牛尾梢的马福元，养了两圈猪，地动时人和猪绗（hǎng，拥挤）到一起跑不及，一头猪刚好钻进马福元的裤裆，把马福元从拥挤的人群驮着出来了。土尘罩的，马福元吓的，不知道骑上猪搭哪里一回。跑了一天咋还不见天黑，听见人说话呢，咋看不见人。一直听到鸡儿叫了，马福元才醒过来，说我活着呢……

牛家坝，有找个叔老子，刚搭场里回来，跑到伙窑吃饭，忽地窑垮了，关到了窑里。窑里有缸酸菜，我叔老子吃着酸菜，用切刀顺着烟洞眼往出挖。叔老子他们家的窑外面，有个小房房子，他的女人和一岁大些的儿子住在房房子里。他的儿名叫鸡毛。叔老子用切刀边挖边喊，鸡毛，我活着呢……白天里面喊外面听不清，晚上听得可清了。女人连住几个晚上听到一个声音喊鸡毛，怪害怕的，以为是男人变成冤死鬼喊呢，不敢答应，也不敢去挖。叔老子一缸酸菜吃完，也快挖出来了，离山皮子再挖几尺就透了，人没力气了。后来我们张家活着的人团到一起，到各个庄口上搭救，挖出叔老子时，叔老子一手拃着切刀，一手把住酸菜缸，半跪半蹲，定定地。吃光了缸里的酸菜饿坏了。

切刀就是关中切面的那种刀具，样子像铡刀。

草绿凸有一个人，叫啥名字我记不起来，事情经过和叔老子有点像，也是打在窑里，吃着酸菜，拿着切刀，顺着烟洞眼往出挖。这个人运气好，挖了十几天，那一夜的后半夜，烟洞挖透了，跟着月光爬出来，回到女人住的窑里，喊老婆子开门，我回来了！

女人不信，不敢开门，隔着门说，你赶紧把你的前程去，再不要骚扰我。

男人说我没死我活着呢。

女人还是不敢相信，让男人把手从门缝伸进去她摸一下。男人把手伸进门缝，女人摸了一把，男人的手热热的。女人才相信男人活着呢，开了窑门。

还听说，前些年在靖远北面一个庄子，从塌窑里挖出了一对夫妻，抱得紧紧的，白骨都粘连到一起了。这对夫妻身边放着两口缸，估计酸菜吃完了，没有出得来，抱在一起亡了。

马家沟，武家弟兄几个碾场呢没打住。夜寒得很，在场里点了一堆火，没打住的人陆儿续儿跑来烤火。有个叫崔四的人，40多岁，麻利得很，家里人都打到窑里了，人家惊着出来了。夜里冷得很，团到武家的麦场上来烤火，往下一蹲，一看是个精沟子，顺手抓起麦草往裆里一缠，那一阵死活都顾不住，没有闲心顾羞丑。崔四家打坏了七口人。

我是个大力气人，力搏多数人抵不住，在生产队时苦心非常好。我家口大，动员我入党我没有入，动员我当队长我没有当，我要供四个儿子念书呢。不是说我思想落后，入党、当干部，首先要为公呢。火车跑得快，全靠车头带。党员、干部就是车头。我不做车头，怕的是搞不了投机倒把，婑（搞）不上钱。我家人口多，劳力少，家庭开销离开投机倒把就没以掖（wá）。我经常得用自行车捎上油籽到长征贩卖，能婑住娃娃的花销。我还当过苦力最大的"背粮人"，在兰州、西安、银川、包头这几个城市的站台都背过粮。那时力搏圆得很，200多斤的麻袋压到背子上，踏着20多米高的木板，忽闪忽闪地一口气就爬上仓门了，腿子连个软软都不打。

有一回，那是农历十一月，我背完粮回家，买个车票舍不得挣下的那两个血汗钱，在石嘴山趴了个拉煤的火车。沫煤上面浇的水，水从车槽往下漏着呢。我在上面敞坐着呢，冻得受不了，脱下汗衫裹在腿上。等到狄家台，火车停下来加水，我准备下车呢，人冻硬了，从车厢上栽了下来。火车司机是个好心肠人，把我搀到车头，我扑到锅炉跟前烤火，被司机拦住了，司机说那样烤就把我烤成水了。我牙巴骨咔嗒嗒地嗑地停不住。司机放开蒸汽，拦住我慢慢凑近，把我一直哈热、哈活。在靖远遇到两个背粮的工友，把我差点冻死的过程说了一遍，两个工友抱住我就哭。

我但冻死到火车上，连煤一趟就填进发电厂烧成一股子青烟冒了。

现在说起来，我自私了，当初应该入党，应该当队长，那人的眼界就是不一样。人啊要在大集体里锻炼呢，小圈圈子刚把自己圈住。

小儿8岁离母。我老伴临终对我说，她走了叫我不要续房，担心她的娃遭后娘。我把她的话听了，没有续房，我也不出去受苦了，我放了一群羊，拉扯了四个儿媳妇。哎，听了她的话，护了娃娃，把我害了。我的身体好，人家的脑子好，活人上了鬼的当。老了才感受到难活。吃喝都要自己以掇，儿子各家都有各家的光阴。总之，老了的人难活嗷。

2018.10.3

东南冒出火光

说到民国九年大地震，听许多老人说，地震发生的那一刻，多的人还在场里起场。我爷说从西南呜地冒上来两道火光，当空撞到一起，天地霎时红了。碌子跳得落不下，带得牲口栽跟头，我爷拔出腰刀割断套绳，牲口落下了，碌子飞了。

六队有一双箍窑没摇倒，八队有一间四梁八柱的房没摇塌。兴仁全乡约3000口人，震毙67人，当场震毙40多人，20余重伤是数月后疼亡的，伤残人有100多。兴仁有个段老爷，脚踝打断，往出流骨髓，熬到民国十年正月初三疼完了。

兴仁伤亡不多的原因，主要房多，其次碾场的人多。天空火光一对，房顶掀了，席芨编的房巴托住砖瓦泥皮飞走了。黄家洼岳家三太爷家，四个窑洞，住了18口人，一齐埋到窑里了。我爷带着岳家人，到黄家洼掏了一个多月，没掏出一个活的。岳家三太爷岳大乾先生曾做过董福祥的保镖，光绪三年退伍，民国九年地震打坏。

2018.10.5

麻雀的童话

　　沿 109 国道，从兴仁街道往西，至郝集村，2 小时 10 分钟走了 10 公里，身体的一些不舒服，一步一步地丢掉了。天气阴沉，其实是有雨的样子，感觉却是天快要黑了。在路口止步打量，寻思夜宿地。

　　1976 年我到过郝集，记得有口官井，交过夜，社员就开始排队打水。井深量小，一桶水一次吃不满，得打几次。井上的辘轳从半夜响到上午 7 点，才稀疏起来。7 点以后，强劳力下地劳动，取水的是在家的老人和娃娃。

　　我离开 109 国道，拐向一条水泥村道。道旁的压砂地，砂子不像香山里面那么绿。从颜色猜想，矿物质含量不同。也就是说硒元素的丰富性有差别。

　　一大群野麻雀被我惊飞，突地飞离枸杞地，翅膀张风的动力声，轰轰的。我目睹麻雀落到电线上，收紧翅膀，一个一个头朝我挤在一起察生，没一只鸣叫的。跨路的一档电线没有落下这群麻雀，又隔着电杆，在另一档电线落了 10 多米。

它们察清我没有携带武器，离它们还较远，够不到威胁，于是，立刻叽哩喳啦叫起来，相互表现目中无人的高傲姿态。等我距电线七米左右，它们忽地起飞，阵群带着巨大的风声掠过我的头顶，扎进我身后的枸杞地里。飞在前面的扎在前面，飞在后面的扎在后面，几乎在同一个平面上扎下去，在枸杞树上潜行。我从电线下面经过，路面上有一溜红颜料，稀乎乎横陈在电线下面、两根电杆之间的路面。我跨过去了，觉得可疑，又退回来，仔细辨析，水泥路面为啥会出现一溜紫红泥浆？且有臭味。

枸杞地，枸杞鲜果挂满枝头。我摘了一颗品尝，味道鲜甜，甜后微出苦味。我摘了一把吃了，又摘了一把……一辆黄色轿车从我来向驶来，经过我，又退回，摇下车窗玻璃，青年女司机问我，叔叔，你是干什么的？

我有些不好意思。我在偷吃枸杞。我说找着住店的。

女司机笑了一下说，往前走一点，就有村子。如果是收枸杞的老板，我拉你走。

车窗慢慢升起，黄色轿车飘逸而去。可能她是枸杞经营户。

将近下午 6 点，投宿王兴涛家。

王兴涛，瓜农，今年种 70 亩硒砂瓜，收成 30 万元略过。

他说，蒿川绵沙湾吊沟，民国九年那时间是我们王家的农场。有耕地 400 多亩，有羊 400 多只，大牲口有多少说不上了。我有四个太爷，大太爷住在郝集，二太爷住在岳家砂地，三太爷住在绵沙湾吊沟，四太爷住在红庄子。我们的场已经打碾结束，粮食分配到了各家。大太爷是掌柜的，与三个弟弟约定：三太爷榨好油的那一天，捎信大家到大太爷家分油，就是开会商量分家呢。那一天正好赶上了十一月初七，三太奶奶用碾子碾好麻籽，过出麻麸，蒸了一管篮麻麸包子。这时三太爷也榨好了麻籽油。三太爷赶着三头驴，驮了三驮麻籽油，带上三太奶奶蒸的麻麸包子，来到郝家集大太爷家。大太爷立马让两个儿子分别去请二太爷和四太爷。老弟兄四个在大太爷家聚齐，拉了几句闲，大太爷家人端上三太奶奶蒸的麻麸包子，分家的气氛一下变浓了。

弟兄四个分家的事说到半截，三太爷出来小便，看到东南方一个黄坎扑上过来，跑进房里，说起大风了。话音刚落，地摇了，房顶子飞了，弟兄四个和家里人都惊到院子里，没一个人受到伤害。三太爷么就吼了一声——我的人啊！拔腿就往绵沙湾跑。天摇地动地回去一看，所有的崖窑垮了，没有喊喘一个人。

三太奶奶和她的一个女儿、一个儿子、一个儿媳，还有两个孙子，共六口人打在了窑里。

三太爷点起一堆火，照着亮，刨了一夜，手指甲缝里的血滴点点呢。刨了几天，没有搭救出一口人，三太爷哭着喊着回到了大太爷家。第二年春上，三太爷来到绵沙湾吊沟，用板镢往出挖，挖着挖着，牛羊牲口回来了，围在他的面前，这是三太爷没想到的。三太爷伤心地吼着吼着哭了一鼻子。三太爷套了一对牛，用起场的刮板往出刮墟土。刮了两个月，刮出来了，他家六口人头对头抱在一起就义了。三太爷一看，两缸酸菜，一缸米，一缸面，一缸水，吃光了，喝干了。他把他家人逐个放平，后悔得哭不出来，直砸心口窝子，他以为都打坏了，梦都没梦到他的人打在窑里还活着呢。他开始用木锨铲土封住窑门，铲着铲着铲出了门板。他铲去门板上的土，麻麸的香味直往鼻子里钻。他移开门板，一筐篮麻麸包子还新炫软弹……我三太爷闻到麻麸包子的香味道，想起我三太奶奶的善道，仰板子躺到地上又吼着吼着号，我的人没有吃到这一口啊……三太爷支好门板，当作供桌，把筐篮里的麻麸包子供在门板上，折来蒴芨，插土为香，超度亡人。三太爷封住挖开的窑门，那里就成了三太爷他家人的坟园。三太爷家七口人，就活了个三太爷。膝下无嗣，我的父亲顶了门，我们这一房就成了三太爷的人。年头节下，我们还去吊沟上坟。

王兴涛先生为了证实他耳闻的传说，带我到他的三哥家。这个三哥是个奇人，墙上挂的是人体穴位图，炕上摆的是搓好的艾塔。他是以针灸治病为主的医生，医术传承自爷爷和奶奶。王兴涛先生说，落实咱家震害的事。三哥耳闻之后问道，他十爸，你说了吗？你说了我就不说了。王兴涛先生点了点头。三哥把大地震的话头撂倒一边，说起他行医的许多故事。三哥 77 岁，双腿盘腿而坐，纸烟一根续着一根，没有灭过。每 3 分钟就有爆料，就有笑点，荤素搭配，我们开心地笑了大半夜。我佩服三哥的好口才。

回到王兴涛先生家，我们还没睡意，兴涛抱来一个西瓜，一切为二，各捧一半，用勺子挖着吃。一勺瓜瓢咽下去，凉透中路，爽快地让人叫唤。兴涛说，早穿棉袄午穿纱，抱着火炉吃西瓜。我问，火炉怎么抱呢？他说，首先要知道火炉不是现在的铁炉子，铁炉子烧红了谁敢抱？是老早泥捏的炉子。

我突然记起，电线下水泥路面上，那一溜紫红色的泥浆是怎么回事？他说，是麻雀拉的屎堆积成粪泥。今年的枸杞没人要了，长在树上没人摘，麻雀得济了，吃的枸杞果果子，拉的枸杞水蜜丸。下雨冲了，不然踩到粪上，一滑一个仰板子。

2018.10.6

胡胡救主

我头顶的夜空，斗转星移，季节往复，深秋将去。

我在砂地里不停地走动，踏得砂石唰唰的不得安宁。我又想起左侧统先生穿着一双千层底布鞋，雨来之后，他从雨地里爬起，像爬起了一个泥人。他仰面尽情让雨水落入胸怀，他本要以诗人气势抒怀，他却像农人一样呻吟！脸上的笑纹，由雨水纵横。他的脸面本来有些与年龄不相符的褶皱，此时倒成了笑纳雨水的沟壑。他扔掉布鞋，赤脚入泥，踏得泥水扑哧扑哧四溅……

我仰头看苍穹、转身看山峦，田野渐渐呈出亮色。还看不见太阳的时候，看见了云朵上的阳光，我流泪啦。

阳光射到的云朵晕出潮红，倾斜向天空。

哆——空中发出这种有气力的飞翔声，我抬头一看，很大很大的一群鹁鸽漫过天空，尾后有三只鸽鹄追撵。这阵势幼年时常遇见，多年再无，心绪颇受刺激。鹁鸽敏捷地躲避鸽鹄追捕，摆出一阵，又摆山一阵，鸽鹄不急不缓阅读阵势，破掉一阵，又破掉一阵。

我的目光跟着团在一起的鸽群，它们忽高忽低、忽左忽右，极力摆脱鸽鹞的逮捕。鸽鹞总是直线飞行。它们穿越切割，逼其落单，只要锁定的目标，就是飞不脱的美餐。

鸽群向着太阳即将升起的山峦惊飞，阳光映在它们的翅梢上，飞出我的视野。

阳光射到蒿子、碱蓬、嘎啦梦的枝叶，亮出一层明霜，闪闪如钻。

我路过王兴涛三哥住的地方，三哥正蹲在屋门半边，吸着阳光，样子像练气功的。我打招呼，他唤我过去。他家没有院墙。我到他跟前，他说屋里刚洒了水，扫了地，跶得很，咱俩蹲到门半个款闲。他说，昨晚你们走了，接着来了一个病汉，唔怂没贵气，到亲戚家吃了个结症，我一针扎通，给地上冒了一滩，差点把人熏死。他说，昨晚夕刚吹了我的过五关斩六将，今日给你说个我在农业社时节听下的。

民国九年地动时，海原、靖远两交界，传说摇出了一座古城，城下埋了许多许多的金银财宝。地动后 40 多天，低路一帮探宝人，找到了那座遥讲的古城。他们在古城团了几天，没有找到宝贝。这一天，他们隐隐糊糊听到了拉胡胡的声音。胆小的以为是鬼唱戏呢吓跑了，胆大的循着声音找，心里打着鬼主意，说不定这下就找到藏宝的地方了。他们在一个塌崖面子跟前，寻到了胡胡声。他们就跟着声音往里挖，挖开半截子塌窑，里面是一个瞎子，骑在平放的一口缸上，抱着一把板胡拉……低路人找到了这么一个宝贝。

2018.10.8

糖 坊

国庆长假结束。

在我陷入忙乱时，李炯先生约我吃酒、款闲。李炯，画家。约在 1986 年，我们通过《六盘山》文学月刊交往起来的。我是小说编辑，他是特邀美术编辑。相互往来，酒茶相待，见识靠近，遂成朋友。若干年来，虽不常在一起，信息没有断过。重新坐下来喝酒拉话，近几年才有数得着的几次。

因为我做的海原大地震田野调查，他和虎西山先生、牛学智先生、罗梓艺老师、杨诗诗老师一样，常常牵挂、鼓励。总之，坚定我信念、鞭策我前行的，还有众多亲友。

我俩见面以口杯为量，三巡下来，酒不是酒而是兴。听完我的烦恼，他一拍桌子，开始削我，说我让素材压住了，抛弃真相之外的一切素材，朴实而艺术地还原真相。我给他说了书里开头那个黑我的故事，他又一拍桌子……站起来了，压低声音说，老王，开头就从你去日本背尸起笔……

李炯先生罚了我一杯酒，理由还是我不应该让素材拿住。

　　我敬了李炯先生一杯酒，让他给我再提供素材。

　　他脱口而来，听我奶奶说，民国九年，我们家那时有间糖坊，生意火爆。我奶奶那时是个娃娃，地震的那天后半，她的父亲把她和她一个妹妹，不知啥原因，从糖坊打着追了。她和她妹妹跑到她的二叔家，地震下来，关到了窑里。她的妹妹被二叔背着先从烟洞钻了出去，又用绳子把她从窑洞吊了出去，活下了。另外，三个在糖坊挂糖的师傅，没有打坏，其余人均打毙了。

2018.10.10

世界末日到了

惊蛰之后，我坐在阳台，赤背向阳，暖热令人词穷。

午茶过后，绕湖一圈，去农贸市场购菜。上市的菜蔬，带着早春的气息、带着未溃的泥土，活在菜摊上。

一直看见过这个菜主，围巾捂着半张脸，不高声叫喊她卖的菜名。她摊子上的土豆，一部分是西海固窖藏的，一部分是外地调运的。我问价格，她张口就是本腔。我问她老家所在地，她说她老家在西吉县白城乡。我说住在月亮山底下吗？她说在山头上呢，康家岔。我问听说过1920年大地震吗，她说不是那个汶川地震吧？我说不是。她说，离现在有多少年了？是不是差一年就100年了？噢，那一年的地震听我奶奶说过。我从小跟着我奶奶睡，一直陪到我奶奶去世，那个地震她给我当古今说过……

我奶奶说，地震前她家六口人，她和两个妹妹睡在一个箍窑里，她的一个弟弟睡在羊圈崖窑里。她睡在两个妹妹的中间，正说魔鬼的古今着呢，地震了，窑直直地坠落，两半个睡的两个妹妹被窑帮打成饼了，窑尖子正好罩在我奶奶的身上，老天爷把她留下了。她弟弟睡的那个崖窑顺山跑了，她的弟弟埋到里面没有寻着。我奶奶的爸活下了，我奶奶的娘打到炕眼里，等扒着出来，已经烧熟了。她们六口人就活了我奶奶和她爸。

哎呀呀，不得活，听我奶奶说，那一回地震把庄子摇平了，黑天半夜的，听见那个人的号声，不知道走了多少人，唔就是世界末日到了。

我奶奶命苦得很，过下的那个日子，说个难听话，被地震一下打绝还好过些。我奶奶的妈是后娘，她遇了个婆婆也是后婆婆……说到这里，来了一个买主，她去张罗生意……

2019.3.15

都折革了

海城镇杨坊岔。

访到马阿訇，85岁。身体康健，耳聪目明。他的家人端来油饼、糖茶招待我。我们话题直入海原大地震，他说，民国九年，杨坊岔是我们的牧场，打拉池是我们做庄家的吊庄，两头上百人。十一月初七地动以后，杨坊岔牧场打坏40多口人，打拉池吊庄打坏35口人。我父亲、母亲住在门房没打坏，我姐姐出嫁了没打坏。我们是大家户，吃罢饭的都睡了，洗锅抹碗的没有睡。睡了的、没睡的都折革（zhégé，殁）了。碌子在场里动了40多天，没人听了，连送脚踪的人都没有了。

冬天压下，到开春也没人挖，压在窑里的亡人取不出来。就在这个时候，青海河州下来了些人，挖出的粮食顶工钱，挖出的尸体在场里放了两排。

后来重修地方取土，村子上张家挖出了两头犍牛，牛角磨得光光了，窑墙上到处是牛角刺划的血印丝。

2019.6.21

门在哪里呢？

在杨坊岔访到高义有先生，84岁，20世纪50年代扫盲班脱盲。我访到他时，他的亲家过世40天，他刚吃油香回来。他喊家里人给我端来哈密瓜等水果。

民国九年地动，我亲家他们家打坏了两个人。这两个人刚圆房，吃宴席的人散了，新房塌了，新媳妇吼起了，说我们的房塌了，门在哪里呢？两面的墙朝里倒下来夹坏了一对刚戴头的娃娃。

海城北坪梁喜登奎家打绝了。

我们是杨坊岔老户，我们高家里外打坏100多人，几乎打绝，就剩了我四大、我父亲弟兄两个。

老弟兄俩咋躲过灾难的？他们弟兄五个，老大、老二、老三——三个哥哥白天打场，老四、老五他俩摊夜场。我父亲在麦摞（垛）上正往下撂麦间子（捆）呢，缓一口气呢，一抬头看到西北上黑风压过来了，忙忙给麦摞底下拉麦间子的我四大说，哥啊、哥啊，这咋了，西北上黑风咕嘟嘟地来了。说话间呜地从麦摞上栽了下来。麦摞塌散，埋住了我四大。我父亲撂开麦间子，一把拽出我四大，我四大说，老五呀，赶快念呐，地摇了。我四大跪在场里，地摇着哩念着哩；地不摇了起来，地又摇了又跪下念；弟兄俩起来跪下的折腾了十几遍，地才慢慢地稳当了些。跑到家里一看，所有的崖窑塌了，看样子人是关在里面了。老弟兄俩喊家里人的名字，只听到我四妈的回话，救命啊救命，我连娃娃在缸底下躲着呢……我四大和我父亲双手正往开刨呢，地又动了，头几遍地动没落实的土这一回坐实了。等他们把我四妈刨出来，我四妈抱下个娃娃，躲在缸底下捂坏了。

牛打到苦子里，没打住，把苦子抬了上了南华山，骡子、驴打坏了。

我的侄儿今年平老地方，挖出了三个骨殖，是我二大一家子。两个打着窑门上，把我二大挡住，我二大在那两个的身上护着呢，三个都没跑脱，打坏了。

民国十年春上，我四大和我大雇的青海人，挖出来埋了一些。一个坑里埋三个。我40多岁时，把一个坟坑里埋几个骨殖的取出来，分开一个一个埋了。当时，坟坑的门用草巴子将就着插的，水跟黄鼠打的洞灌进去，睡得平的，骨殖还算整齐，水冲了的体骨都乱了。我挨齐捡着出来，整理完善，重新埋了。不取不知道，一取撼人呢，看看那睡土的样子可怜得很呀，头和身子都不在位置，看那头发和牙齿，年龄都轻着呢，就那么折革了。你们汉族叫天哩，我们回族叫主哩，教是两教，理是一理，总都希望亡的人能得个好后果。受了那么大灾难，就那么窖萝卜地一样埋了，我心里过不去……高义有先生伤感流泪。后来，我又从垮塌的窑里取出了四个人，皮在骨头上漫着呢，哎，你没有亲眼见，无把里地很呀，打在窑里没挖出来的还多着呢嗷。高先生伤心地说不下去。

他的一个孙子给他一牙哈密瓜，先生把话头转到孙子念书方面。

我给孙子经常说，国家富了，共产党给老百姓给呢。哪个时代给学生发过校餐？你大你妈都没有给你吃得这么好。要好好念书呢，念书就是念智。常话说，有智的吃智，没智的吃力。我十二三岁，八路军在我们高家住下四五十人，我们给啥吃的都不吃，给点洋芋炒个菜都不要。人家帮我们把地里的庄稼拔了不说，还要背到场里摆好。我给娃们常说，要记住"吃米不忘种谷人"这句话呢。我是 1936 年出生的人，80 多岁了，月养老金 180 元，工龄一月也要 270 元，没有隔欠人的。我心里坦然得很。

国家的致富政策好，我们跟上好时代了。公粮不上，还发钱。60 岁以上的农村人就给养老金。种地有补贴，我们种一亩葱补500 元，你说，哪里有这么好的时代呢？500 元多着呢，不少呀！

……

告辞，高义有先生送我至大门，他的送别词是：我有贵客，我没有贵茶，担待着！

……风掀起了我的头发，掀起了高先生的胡须。

2019.6.21

见了光亡了

　　我吃过一小碗臊子面，结账时我问老奶奶听过海原大地震传说么，她说她忘了，她的女儿听下着呢。她的女儿就是掌勺的厨师。

　　老奶奶的女儿问我收就这些干啥呢？我说收就起来可以当作灾害故事讲给更多的人听。我回答得极不准确，她没有计较。她按照自己的理解，给我说道，我们老家在西华山底下的范台村，小地名叫段岘子。我们那里住的窑洞大的喳（语气词）呀。我奶奶给我们说，我有个姑奶奶打到窑里了，各家往出刨着呢，我姑奶奶没有刨出来。窑外面的亲人来上坟，她在里面听见了，她说我活着呢，外面的人没听见她的话。一连好几次，里面的人听到外面的人来上坟，外面的人听不到里面的人求救声。直到40天上，我姑奶奶听到上坟的人来了，她就挣着挣着说她活着呢，外面的人约约听见了，又惊又喜。外面的人往开刨，我姑奶奶从里面看见了一席篾宽的点光，就把手伸出来，外面的人抓住的是一个秃刷刷干，手指头磨地秃秃了，我姑奶奶被搭救出来，说了几句话，见了光亡了。

　　她沉默了一会儿继续说，哎，我们段岘子1970年出生的这一把子娃娃都没有上学，不管男生女生，一天学都没上过。我们到上学的年龄了，刚好包产到户，大人苦重，我们顶大人拉娃娃，上学的权力就那么被剥夺了。没有念成书，除了做饭，别的啥都不会干。就像我的儿媳妇，人家念了个初中生，电脑跟前一坐，人家收钱着呢，我当厨师着呢。她看着儿媳妇微笑着。

2020.3.31

袁家窝窝

海城大巷子，与环卫工款闲。

地震那夜儿，我们袁家窝窝住崖窑的、住房的，齐蓬蓬地坚挺着呢，都没有塌。后山的土走了，垮下去分成两股，一股直走了，一股拐了个弯聚了个水坝，漫过以往的湫子滩，后来成了河道，就在袁家窝窝下去的白吉冲。

老年人说，海原到处都摇塌了，就我们袁家窝窝没摇塌。树台舒家川，我外奶奶和她大背着埋了半晚上银子，咥喤大地翻了个跟头，她出来了，她大连银子一趟埋了。

我们袁家窝窝为啥没有摇塌，是海原大地震的个谜，来过几次考察的。袁家窝窝坐在石头山上，所以没有塌。

以上是李凤虎先生的叙述，新中国初期扫盲班毕业。

2020.4.3

打坏了美梦

4月7日到兴仁，安葬了逝者，离开兴仁时，拉了一位参加葬礼的亲戚孙志发。他家在西安乡北坝村。我问他有多少水浇地，他说不到20亩。我问都种什么作物，他说主要种小麦。原来的老芒麦子、红芒麦子是旱地品种，水地现在都种"永良"品种。我们款到民国九年海原大地震，他说，我爷爷给我说，他们家当时住在西安乡柳套村。那一年我们的粮食成了，一个七八亩大的麦场，麦子、糜子、荞麦、胡麻……摞了满满一场，进出场的入口用庄稼搭了一个凯旋的拱门，全家人沉浸在丰收的喜悦中。我爷说他们天天要吃一顿臊子长面。地摇那一夜，我爷说他们碾罢场吃罢饭，我大爷和我三爷分别回到他们住的箍窑，我爷回到场房子放哨，头刚挨到枕头，眼睛还没闭上地摇了。场房子低矮，屋顶重量轻，没有摇塌，我爷一家躲过了灾难。箍窑塌了，打坏了我大爷和我三爷两家人。那一场寄托着我大爷和三爷美梦的庄稼，遭遇大火，烧得没剩下一颗粮食，我爷一家差点饿坏。

2020.4.9

后 记

　　2016 年 4 月 28 日到 10 月 28 日，4 个月时间里，我深入海原地震断裂带，较集中地作了海原大地震田野调查，搜集到灾害群体记忆口述事件 80 多例。随后的 3 年时间，断断续续，又搜集约 10 例。所得灾害传说的难易不用说它，单从口述者的口述感受到，他们每每说到震毙的亡者时，对于"死"这个词，以避讳的神态、语气，压在口边，不让出口。有的讲述时，实在没绕过去，随口而出了，那也是重举轻落，立即从叙述过程的语调变出，满含忏悔地、轻轻地换上另个表达死亡的词。经过口述者的感染，我在笔录的文字里，根据口述者意愿，同样回避了"死"这个字。换句话说，对于每一个震毙的人对他们失去的命体没有使用"死"这个字，是对口述者的敬重，对亡故的生命以尊严，与口述者共同期望地震劫难者的灵魂有个被搭救、再升华的机遇。

　　死——生命终止，灭绝状态。

口述者所使用的方言，极具穿透事物、渲染事件的力度。方言——地理环境中产生的适应性语言，酿出个性鲜明的字、词，非常灵动地活在口头上，并有缠绵的语境，能帮助听讲的人，瞥见灾害塑造出的本质。西海固的方言是叙述西海固往事的灵魂。

方言并不冷僻或者佶屈聱牙，反而硬朗上口。因为，西海固人文语境脉承秦地，和普通话的区别就是 zh ch sh 与 z c s 混读，不分前后鼻音，部分地域发不出普通话三声调，但不排斥普通话，恰好是对普通话叙述平软地方的支撑。书稿接触的方言字词，不过是古文字口语的保留，现代书面不常用罢了。

书稿中涉及的方言词语，量不是很大，但对说明海原大地震的灾害事件比较重要，较好地拟定了地震灾害群体记忆的口述语境。

方言的口述，能准确表述出海原大地震灾害事件本质。若整理海原寰球地震灾害群体记忆叙述不使用方言，灾害文学难以接近细节的真实，难以显示灾害的深刻。

灾害的前定概念没有变，对于理解灾害的观念在变。由于灾害事件的群体记忆，灾是通过几代人的口口相传保留的，而害已不再是原初的发生态，是通过"眼耳鼻舌声意"的全觉保留的，难免参有想象。但不妨碍敬畏自然、得济后人。

海原大地震的一百年有多长，好像就是一个传说；这个传说有多长，好像一百年止不住。

触动灾害记忆人深藏的、对祖上的伤感，我做口述实录的行为，是不是已利呢？揭开他们心灵创伤是不是有些过分？我和虎西山先生、牛学智先生等朋友提说做口述史的想法，他们都认为应当及时去做，而且要尽早。我理解"尽早"的含义，指能够讲述的人会越来越少，能够讲出详细的人也会越来越少。于是，我安定心思，拓开心壤，鼓足心劲，说做就做，没有语言障碍地深入了西海固。到我揭腾出困在灾民后人心里的惊慌、恐怖，感觉他们一吐为快了。我把口述的灾害，当作往事记录下来，我与口述者共同翻出西海固苦难的这一页，共同书写出发生在西海固的悲惨灾难。

西海固的土地上，家家遭遇了相同的震劫，可一家和一家的口述尽不相同。究其讲述的灾害魔幻性，令我惊叹不已。之所以会有魔幻，那是对灾害的领受，那是对自然的敬畏。可以说，我听每一次灾害口述，就是在听一个灾害的传奇；可以说，我接触到的讲述人，他们才是真正叙述灾害的艺术家；可以说，这是写给西海固人的一本书，也是写给人类的一本书。

在海原的土地上，在震劫的承受里，十一月初七，回族约定为"纪难节"，后代盘跪于亲人震难地，诵《古兰经》求恕；汉族同样约定，十一月初七为"劫难日"，后代立跪于亡者落难地插香为念。

百年里，亦复如此。大灾之后，能形成民俗的，恐怕只有海原大地震。

海原大地震，是一个深埋民间的灾害事件，想了解的文学家有，但主动去挖掘的文学家未必有。主动挖掘那是代价极端的苦心。《海原大地震记》在《中卫日报》连载、《宁夏法治报》《黄河文学》《朔方》选刊，非常感激。尤其听到朋友通过上述报刊"收藏"等心语，担忧化作坦然。然而，习惯从别人劳动果实里，收获的家伙，他们已经袖手待窃。不过大地是温柔宽厚的，寄生虫也是促进人类文明不可缺的一物，随生随灭，给他们一点慈悲。

感谢亲人的支持，朋友的鼓励！

感谢自己的胆量，走出了这一步！

成稿后，诗人王西平闪读，他说这是敬献给海原大地震的事实纪念。季栋梁先生据此文本座谈五小时，"就此握别"的一刹那，他给我种了一句话："西海固是个大地方！"

是啊，西海固是个大地方，是个锦绣和苦难并举的大地方。

2020 年 6 月 28 日

2021 年 3 月 25 日

于镇北堡自习区